享宴，是一种生活态度

老波头 著

上海文化出版社

序　言

享宴，是一种生活态度

"宴"这个字有点意思。下半部的"晏"是指太阳下山，月亮未升时，"日"可以理解，至于"女"，是说男人收工，回到家中与老婆大人团聚吧。

还嫌表达得不够清楚，干脆再加一个"宀"字头，就成了"老婆喊你回家吃饭"。之所以非回家不可，是因为从前饮食行业不够发达的缘故。不过，古语中"宴"的级别甚高，不是平民的字眼，所以细究起来，应该是"皇后喊皇帝回宫吃饭"，或者"夫人喊老爷回府吃饭"才对。

古时最高级的宴当然是国宴，不管你是国宾也好，大臣也罢，总之是皇帝请客吃饭，名曰"宴飨"，古书中多有记载。

"飨"字意为用酒食招待，但此字生僻，常被人通假成"享"，反正吃吃喝喝是种享受，也有道理。"飨""享"通用，唐宋时即有之，并非现代人的发明。有时亦反过来写作"享宴"，倒是更符合现代汉语名词后置的习惯。这个词表面看起来洋气，其实骨子里暗合古意，不妨偶尔拿出来耍耍花枪，既雅又达,比"吃酒水"高明得多。

有趣的是,宴的时间永远固定在晚上,这条道理放之四海而皆准,西方人的 Dinner,相当于我们的"宴",就只用于晚餐,中午吃得再豪华,只是 Lunch 罢了。

当今大家说的宴,含义宽泛。馆子里上菜上酒,固然是宴,连自己动手烧几道家常菜,当成家宴经营,也渐渐变成一门生意,好像一下子又回归到"宴在家中食"的古意上去也。

但是话说回来,毕竟今时不同往日,没有什么必要去穷究宴的定义。我的理解,好好吃一顿饭,即是"享宴"。

有媒体问过我的看法,我的意见是,首先你得选择对的人,接着是在对的时间和对的地点,最后一起用对的方式吃对的食物。这些要素缺一不可,都对了,留给你的,必定是完美的一餐,不然的话,只要有一条发生偏差,对不起,经验告诉我,你绝对会失望。

我的人生字典里,吃东西有三重境界,最低级的填饱肚子、中层的欣赏食物和最高级的享宴。人无贵贱之分,但格调自有高低,饮食也一样。我常说你可以什么事都不干,但是不能不吃饭。好好吃饭这件事情,其实是好好生活的缩影。享宴,是一种正确的生活态度。

目录

序言：享宴，是一种生活态度

吃的态度

不再写食评	003
好餐厅（一）	006
好餐厅（二）	009
别让 Fusion 变成 Confusion（一）	012
别让 Fusion 变成 Confusion（二）	015
妈妈的味道	018
主题餐厅争霸战	021
用餐的仪式感（一）	024
用餐的仪式感（二）	027
菜抄公	030
加法和减法	033
正宗与美味	036
健康生活	039

醉在江南

川扬合流	045
馒头与大包	048
无锡特产	051
七家湾锅贴	054
海派西餐	057
最完美的皮肚面	060
小笼与汤包	063
鸭之城	066
兰溪小吃	069
老八样	072
生煎与锅贴	075
腌笃鲜	078

五味华夏

怀旧早茶	083
杂谈北京烤鸭	086
云吞面	089
万变不离其粽	092
失传川菜	095
羊肉泡馍	098
沙茶面	101
扁食、拌面和虾面	104
厦门的大排档	107
香港西式茶餐	110
火锅天下（一）	113
火锅天下（二）	116

料理东瀛

怀石料理	121
日本料理的最高境界（一）	124
日本料理的最高境界（二）	127
烧鸟	130
博多煮	133
冲绳之味（一）	136
冲绳之味（二）	139
冲绳之味（三）	142
佐贺牛	145
九州拉面	148
日本盖浇饭	151
蟹蟹一家门	154

目录

品味南洋

杯酒话鱼生（一）	159
杯酒话鱼生（二）	162
辣椒蟹和胡椒蟹	165
熟食中心	168
忘不了	171
寻找完美的越南牛肉河	174
新加坡叻沙	177
咖喱辣椒	180
娘惹菜（一）	183
娘惹菜（二）	186
南洋香料	189
肉骨茶	192

放眼世界

意式 Pizza	197
提拉米苏	200
欧洲香肠	203
学院派法餐	206
肉酱意面（一）	209
肉酱意面（二）	212
西班牙烩饭（一）	215
西班牙烩饭（二）	218
伊比利亚火腿	221
那些奇奇怪怪的食材们	224

吃的态度

> 享宴,是一种生活态度

不再写食评

已经不止一次有人对我说:"去试了你推荐的某某餐厅,结果失望之极。"

"到底什么地方不行?"起初我会追问一句。

"这也不行,那也不行,服务又差。"慢,我一向不以服务评价餐厅的好坏,那家著名的火锅店,服务做到尽善尽美,确实了不起,但是我去过一两次后,再也没有光顾过。

那个人又说:"关键是菜不好吃。"这下子被打中死穴。口味是件完完全全个性化的事情,我认为天下美味的食物,你觉得怎么也吃不下去,沪菜太甜,鲁菜太咸,川菜太麻辣,粤菜太清淡,韩国菜只有泡菜和大蒜,唉,最糟糕的是日本人,几片生鱼,即是一餐,不会煮熟了再上桌吗?

致命的一枪接着跟上:"老板知道你是美食家,特意拍马屁，所以你才吃到好东西。"好像有那么一点道理，但先决条件是大师傅必须得有扎实的基本功，否则再费心机也没用呀。我就不止一次遇到厨师洋洋自得的菜实际一塌糊涂的情况。

而且我更倾向偷偷地暗访，有什么意见大可和老板或者大师傅交流，话不投机即作罢，大家谈得来，一来二去，变成朋友也不一定，何乐而不为？

话说回来，你把想法闷在心里是你的事，当场不提，之后发作亦是你的自由，但作为老饕，这点当面交流的精神总该有吧。

中餐学不来西餐标准化的那套东西，全靠大师傅的发挥。心情好自然表演精彩，今天跟老婆大人吵上一架的话，多加两勺盐给你算是客气。除去和大师傅交朋友这条路，全凭运气。

类似的经验多了，已学会不再介意。但是食评愈来愈难写倒是事实。首先，是自己的好奇心下降，新的探索，不满意的可能性占到九成，何必为难自己的嘴巴和胃呢。好不容易找到几家中意的餐厅，都是老套路，一点新意也没有。

再说，餐饮的大环境恶劣，今天推荐这家，隔了几月即执笠，读者还以为我开玩笑呢。

不值得推荐，当然可以批评，但大餐饮集团批评了不伤筋骨，小铺小馆，坏人家生意，于心不忍。

实在难写，干脆停笔。如果你来咨询，我还是愿意回答，保证所有意见绝对真实，也绝对主观，吃饭又不是加减乘除，哪来标准答案。你听了也许会赞同，也许会大骂，我亦尊重你的不同看法，只要一切源于真实的话。

好餐厅（一）

原则上，菜好吃的餐厅才算好餐厅。

也许你不同意，难道环境、装潢和服务都不重要吗？当然，口味不合格，这些因素还能挽回一些印象分。但是，对于我等老饕来说，不好吃的餐厅吃来干什么？

通常，一家优秀的餐厅特点鲜明，走到幕后，你一定会发现坚持传统的老板和顽固的大师傅。

中国的饮食文化，已有五千年之久，每道菜怎么炮制，皆有道理，照做就是了。我并不反对创新，但前提是非练好基本功不可。

去上海菜馆子，试试酒香草头即知高低。只取顶端的嫩芽，下大量猪油，淋白酒，以最旺的火炒之，一出水整道菜便完蛋了。说来简单，有几家做得像样？标榜健康，弃用猪油，又不愿花工夫仔细地挑草头，名副其实在吃草嘛。这道菜不行,其他菜好极也有限。

同样道理,吃杭州菜叫一道西湖醋鱼,看到鱼鳃边的两块鳍竖得笔直,姜蓉切得幼如泥,糖醋汁清如玻璃,那么恭喜你,这一餐多数是完美的。到港式茶餐厅,来碗云吞面,碱水味十足,云吞拖着金鱼尾,细细小小,吃巧不吃饱,里面的馅除虾之外,肥瘦猪肉的比例刚刚好,一饮汤,又浓又香又甜,哈哈,尽管放心地大吃大喝吧。

改吃外国菜。在日本,一家地道的老铺绝对不卖三文鱼刺身,懂得之后,即可和当地老饕平起平坐。上海人爱吃三文鱼,回到本埠,这条规则就不适用了,但至少能从上桌的绿芥末看出呀:上等铺子,用块鲨鱼皮,以整枝山葵的根茎现磨而成,辛辣以外,胜在有一股香味;劣等铺子,只是用辣根制作的膏状物充数罢了。或者叫瓶冷酒也行,如果事先和玻璃盅一起冻过,饮时拿出一个冰桶镇之,啊,不用试菜也知这家店的水准一定高,老板十有八九是正宗日本人。

独沽一味不是坏事,可怕的是各种菜系通吃,弄成四不像。曾经有一家餐馆的广告写着:供应本帮菜、川粤湘、中西餐、泰式菜,真是不可救药,厨子难道是神仙吗?

更可怕的是所谓 Fusion（融合）菜，在寿司上用稀奇古怪的酱汁描个图案，或者在冬荫功里拼命加椰浆，不懂吃的美国人才会欣赏。

至于当今渐流行的分子料理，阿弥陀佛，保佑我一辈子也不用碰它。

好餐厅（二）

我已一再声明，菜好不好吃，是我评判餐厅优劣的唯一标准。

无关服务。当今中国的餐厅，攀比服务的话，谁及得上那家著名的四川籍火锅店？我也试过一两次，服务方面确实无可挑剔，但是说老实话，他们的火锅，吃来吃去，也吃不出什么名堂，较之我在成都吃到的，更是差距甚远，难怪他家在四川当地发展得并不如其他地方那么火爆。

其实服务对于餐厅虽然关键，却非绝对。味道不行，靠服务拯救一下子，没有问题，但要想留住我等老饕的心，没有几个拿手菜怎么可能？

想起我最喜欢的国营老面馆。多少年来，阿姨级别的服务员送面，两个大拇指多数浸在汤里，我常打趣他家的面之所以好吃，是因为阿姨的指甲中藏了秘制调料也不一定。当然总有客人抱怨，不过老阿姨才懒得理你，不识趣还不收声的话，保证你收获一个大白眼。但是味道好，还不是照样面痴云集，而且以老客人居多，大家吃了数十年，已把这里当成食堂。

也无关排不排队。唉，这类店愈来愈多，大家讲两个故事、卖弄一些概念，炒作又炒作，就这么发起财来。我从前还会去探，写下记录供读者参考，光顾得不少，经验实在丰富。生平最怕排队，单单是此过程已不愉快，再试食物更是普通得不能再普通，无非是老板的生意经谈得好，加之走价廉路线罢了。

想想也是，客人蜂拥而至，大师傅怎么忙得过来？要赚钱，多做一轮是一轮，偷工减料还是小事，一切繁复的工序更是能弃则弃，最可怕的是一味求快，进行所谓的改良，把原本应该个性十足的菜式搞成千篇一律、不痛不痒的娘娘腔，简直是致命的。

更无关"米其林"。一向认为，轮胎专家搞出来的东西，评价西餐或许还有点发言权，我们的饮食文化，他们能懂得多少？所仰仗的所谓标准，并不适合中餐的体系。比如"鼎泰丰"，他家的小笼永远是十四个褶子，统一大小，没错，管理有效，相当了不起，但还是那句话，不好吃。价格尚在其次，最大的矛盾在于江浙人发明的小笼，台湾人怎么学也不像样呀。北京友人欣赏"鼎泰丰"有点道理，他们原本没有小笼的文化嘛，我这个上海客，走进"鼎泰丰"的概率远小于肯德基和麦当劳。

别让 Fusion 变成 Confusion（一）

Fusion 菜，当今大家的态度已不像它刚出现时那么统一了，反对的声音渐渐增加，蔡澜先生就说："厨子的脑筋不清楚，神魂颠倒，搞得变成 Confusion（混乱）才是真的。"

有些餐厅甚至干脆把招牌上的 Fusion 字样拿下，重新打上"本土与传统"。但是我也发现，Fusion 之风在中国，由南向北蔓延，这边厢风头已过，那边厢的东北，酒家还特意在"老字号"旁边加上"融合菜"几个字呢。

所谓融合菜，是从 Fusion Food 翻译过来的，当然也可以译成混搭菜，听起来不够高雅罢了。

Fusion 的概念，最早由爵士乐界迈尔斯·戴维斯的唱片《Bitches Brew》开始。很快地，服装、家居、建筑都以标榜自己 Fusion 为荣，包括饮食。美国人在寿司的基础上发明了加州卷，日本师傅拼命学法餐，中国的暴发户则想出了红酒兑雪碧的古怪搭配。

概念算是新潮，但其实饮食上的Fusion早已有之。举个例子，日本的国食天婆罗，起源是五百年前葡萄牙教士传入的炸鱼，连Tenpura的发音，也是源自葡萄牙语的"寺院"。

事实上，古时的文化交流全靠航运，沿海的港口城市，商贸一发达，移民就多，特别容易产生Fusion菜。

典型的代表是新加坡。占主要人口的华人，多数是潮州人和福建人，他们的饮食文化是一种，本土马来人和印度人的是另一种，又经长时间的英国统治，各地的元素不断碰撞。

比如"娘惹"，郑和下西洋，中国人抵达星马，和当地人通婚后生下的孩子，女孩叫"娘惹"，男孩叫"峇峇"。一代传一代，女主内，专心研究菜式，把南洋的调味和中式的烹饪技巧一一结合，形成今天的"娘惹菜"。

我一向认为，新加坡菜是全世界最Fusion的，而且还将持续不断地Fusion下去。像"鼎泰丰"有款巧克力小笼，在别处反响平平，但新加坡人一下子就能接受，卖得来得个好。不仅如此,新加坡本地商家更是变本加厉,麻辣、糟卤、黑松露、蒜香,等等等等,总之想得到的口味变化都用尽了。

最后出绝招,连猫山王榴莲也当成馅包了进去,真是夺人眼球。我试过后发现,如果从传统小笼的角度看,毫无疑问是离经叛道的典型,但是对于新加坡人来说,当成加热过的榴莲班戟,好像也不算十分古怪。

别让 Fusion 变成 Confusion（二）

香港是另一典型的 Fusion 城市。

像每家茶餐厅都卖的奶茶和蛋挞就是一种 Fusion，连同茶餐厅本身亦是。

茶餐厅的诞生，跟英国人的下午茶习惯有关，但是茶餐厅提供的，不是严格意义上的西餐，而是仿西式的食物。这一个"仿"字，即有 Fusion 的成分在内了。

代表作是名为"鸳鸯"，咖啡与奶茶混合的饮料。咖啡当然是舶来品，不过英式的奶茶，也已经在原始的中国茶基础上 Fusion 过一次了，等于是 Fusion 又 Fusion。

我们的上海亦如此，移民城市的特性，比香港还要突出，更别说那段租界的历史了。

浓油赤酱的本帮菜就是 Fusion，嗜甜的苏锡菜和嗜咸的宁波菜，再加上本地的老八样，数十年沉淀下来，才定了型。

这个历史过程中,同时诞生了川扬帮和海派西餐。前者是川菜和淮扬菜的结合。川扬一向甚有渊源,地处长江两头的关系,有不少共通的食材,对饮食的理解也是如此,换成鲁菜和粤菜,随便怎么样也结合不起来。

后者的海派西餐,我说过,是上海厨师,用上海本地的食材和调料做给上海客人吃的西餐。今时今日,家家户户上海人都会做的罗宋汤和炸猪排到底算西餐还是上海菜呢?连我们仿制唥汁的辣酱油,也变成大家印象中上海独有的调料呢。

不管是哪一种成功 Fusion,都非经历文化的碰撞和时间的考验不可,生命力顽强,不是流行一阵子即消失。就像美国人搞出来的美国大饼 Pizza 和加州卷,我可以大骂它们胡搞乱来,但不得不承认,它们确确实实是美国特色的 Fusion。

总之,Fusion 不是坏事。我们对 Fusion 唱反调,是因为这个词被滥用。举个例子,用法国黑松露和日本牛肉炒饭算不算 Fusion?问题是三流厨师的基本功还未扎实,你一吃,米粒根本不干身,还谈何在锅边跳舞呢?

这种所谓的 Fusion，就是我们讨厌的 Confusion 了，他们是把那些毫不相干的食材拿来，炮制在一道菜中，仅此罢了。混得一时是一时，也没想过能流传多久。

虽然对于坚守传统的老饕来说，Fusion 菜是带点创意的改良派，但是不可否认的是，餐饮的进步，确实需要改良派的推动。请记住，有基础的改良，才叫 Fusion，不然，无论怎么堆积食材或是卖弄技艺，大家的结论还是 Confusion 嘛。谁想争辩？我会请你等到三十年后再下判断。

妈妈的味道

评判食物的好坏,全凭你的味蕾。

或者说,是依靠你儿时的记忆。科学家研究证明,幼儿的味蕾最发达,年纪一大,逐渐退化,再加上烟酒和辛辣的伤害,愈来愈麻木,而且此过程不可逆转。所以,小时候辨别味道的能力最强,你接触最多的味道,会在脑子里牢牢记住,并打上一辈子的烙印,谓之"美食"。

沈宏非老师举自己的例子,"以前保存方法落后,火腿有股蒿味,吃得习惯了,反而觉得不蒿的火腿不太对头"。

这就是为什么大家长大后都会怀念家乡的味道,尤其是妈妈菜。我算是例外,母亲厨艺拙劣,令我一再念念不忘的,是妈妈的妈妈,外婆的菜。

童年的记忆,已确定你一生对食物的品味,即所谓幼功,不论扎实与否,很少再有机会弥补。

请注意，我说的不是品种，是品味。前者可以堆砌，后者还是需要长辈教导，从小把鲍参翅肚或者黑松露当家常便饭，也不见得品味就高，无非证明是暴发户罢了。像你读书破万卷，亦有可能变成一个书呆子。

我一向认为，好好吃一顿饭的前提是找到对的同伴，大家对食物的看法接近，不然争执起来，彼此都拿妈妈菜说法，一不小心，骂人老母，就不好了。

前些日子，那家在京城火爆一时的牛腩店老板面对网友质问时，机关枪似的回击："你只知道妈妈和家乡的味道吗？你的味蕾打开了吗？"

结果当然被大家骂得狗血淋头。但是这厮吸引眼球的目的已达到，事后一定躲在家里狂笑。此招数并不新鲜，首先你要有一个爆炸性的话题，没有的话，硬生生制造一个也行，接着就靠语不惊人死不休的精神，和反对的声音唇枪舌剑一番。每个人对事物的看法皆不同，自然能招募到一大批盲目崇拜的拥趸。

一点不稀奇，时代进步，手段倒是永远那么低下。从前叫做"炒作"，当今流行的新词，称为"互联网思维"。

互联网？原来在电视上打打广告，现在用网络传播，胜在速度更快,但是新瓶装旧酒,就算你把脑袋想破,做出来的东西还是难吃得要命。

此路不通,干脆反其道而行之,时下私房菜和家宴盛行,都标榜自己是妈妈菜和老味道。问题是有水准的屈指可数,批评几句,老板即反驳:"你们不懂,我卖的不仅是食物,更是情怀呀。"

但是你的情怀,没资格叫别人买单。

主题餐厅争霸战

有家媒体采访,请我预测餐饮业的发展趋势。

我笑着说:"要是知道的话,早就自己开餐厅了。我只是喜欢吃,根本不懂餐厅经营呀。"

但对方不依不饶,非得说上几句才行。我想了想,反问:"当今上海最火爆的餐厅是哪家?"

"应该是和当红作家有关的那家……"

"对,他家有什么特点?"

"宣传说是沪上最文艺餐厅,算不算特点?"

"当然算。其他还有几家,不如这家发展得那么迅速,但是各有胜场。有的从装修入手,专走时尚路线,甚至带点夜店风格;有的打造可爱的卡通形象;有的拼命打折扣搞活动,以本伤人;还有的通过互联网开展营销,讲一通故事给你听。总之,什么手段都使尽了。"

"有没有共同点?"

"我给它们起个名字,叫'主题餐厅'。首先,有鲜明的个性,最文艺也好,最卡通也罢,通过大肆宣传,给你一个先入为主的深刻印象。但是,不像传统餐饮的门户之见要区分川粤鲁湘、日料西餐,这些餐厅从不把自己归在任何一类里。哪怕是流行的 Fusion 菜。"

"被你一说,好像是那么回事。"

"食物,挖空心思地想出可以标准化、不需要厨师的品种。选得讨巧,也不会难吃到哪里去。价格是另一因素,不能说一味价廉,不过人均一百大元左右,加上先前说的主题,牢牢把顾客群固定在年轻人,尤其是学生仔身上。要知道他们光顾,求的是新潮、热闹与开心,没有谁是为了追求天下美味。"

"有没有想过背后的原因?"

"公款消费受到遏制,对高档餐饮的打击是致命的,老百姓吃饭,不会动不动叫一桌大菜。而且房租愈来愈高,什么成本都上升,餐厅的利润愈摊愈薄,只有出奇招,吸引大客流,依靠翻台率来生存。这种情况下,主题餐厅的出现,是大势所趋。把年轻群体当成主战场,更是定位清晰的表现,光是这块蛋糕,已分不完。"

"你也开一家主题餐厅好了。"

"局外人,发表一下意见不要紧,冲进去一定第一个死,光是要我想一个吸引年轻人的主题就要命了。你只注意到幸存的几家,谁会在乎那些前仆后继的牺牲者。主题餐厅争霸战,看别人打个你死我活,多过瘾?"

用餐的仪式感（一）

有些朋友欣赏西餐多过中餐，他们说："客人一个个正襟危坐，看着大师傅在你面前炮制食物，是多么具有仪式感的一件事情呀。"

这里说的当然是正式的大餐，麦当劳之流，吃个一千次一万次，大概也不会有人觉得有任何的仪式感。

西餐之中，最具代表性的菜式应该是法国的血鸭。在巴黎的"银塔"餐厅，公鸭宰后不放血，先烤至半熟，由厨师拿给你验明正身，接着起出鸭胸和鸭腿，当场煎之。剩下的鸭身放入一个特制的镀银榨汁机，连血带骨榨成汁，再下酱和红酒，淋在鸭肉上即成。

整个仪式的高潮绝对是榨汁那一步，到了这个阶段，厨师一定会作定格状，大部分食客也必然会配合地发出"哇"的一声惊呼。至于究竟好不好吃，反倒没多少人议论。与其说大家为了吃鸭而来，不如说是更好奇血淋淋的场面吧。

能与血鸭相提并论的唯有我们的北京烤鸭。烧烤菜胜在香气袭人，所以特别容易受到青睐。片鸭亦有固定的套路，传统要先割鸭头，鸭胸向上，从胸脯前向颈根斜片一刀，再从右胸片三四刀，左胸三四刀，切开锁骨，把胸肉与骨分开，跟着从右侧片起，片完翅膀片鸭腿，直到鸭臀。左侧照章来一次。四斤重的烤鸭，可片九十片。最后将鸭嘴剁掉，鸭头劈成两半，鸭尾尖片下，撕下胸骨上两条里脊，一起上桌。

如果按照老规矩，仪式感更强，连吃法都区分男女，前者才能选择荷叶饼，后者仅可用空心烧饼夹之。到底是佐以甜面酱还是蒜泥、葱丝或者黄瓜条，则是唯一能够自由发挥的环节。今人以鱼子酱涂在鸭皮上，穷凶极恶也无妨，但是你把两条鸭腿单独卸下大嚼，就有破坏仪式之嫌了。

很难完整地形容人们追求用餐仪式感的本质。血鸭或许是满足基因中原始人嗜血的欲念，那么烤鸭无疑更接近凌迟。说什么皆合理，吃饭这件事情，本来即是人类生存的基础。

不得不提日本人。他们的板前料理,令大家印象深刻,当今做寿司的老先生二郎,简直快变成老饕心中的二郎神了。其实,单看人家餐前必念的"いただきます",一句话,已把你彻底带入进餐仪式。不仅如此,整个日本,根本是个被仪式感包围的国家。

用餐的仪式感（二）

所谓用餐的仪式感，主要还是指进食前的准备过程。原则上就像做那回事之前最好来段前戏一样，这个过程的戏份做得愈足，食物入口后得到的享受和快乐也愈强，否则急吼吼地来一下子，别人说不定还批评你没教养呢。

说穿了，跟吃什么东西没有关系。你一本正经地坐在米其林餐厅，请大师傅当面现做比萨薄饼，和寒风中一边发抖，一边苦等小贩尚未出炉的葱油饼，本质上是一回事情，都是让人在漫长的等待中，不断地累积饥饿感。而且相同点还在于，等你迫不及待来上一口时，一定会捂着嘴大叫："啊，好烫！"

跟口袋里的钞票也没关系。孔乙己穷困潦倒，照样能把两碗黄酒一碟茴香豆吃出强烈的仪式感。相较而言，暴发户装模作样地喝红酒锯牛扒，反而落于下乘了。

制造用餐仪式感最好从餐具入手。大家觉得法国菜的仪式感厉害，是因为餐具先声夺人的缘故。菜过三巡，已更换数套，喝汤规定一种勺，半汁菜又是另一种，整餐下来，对食物的记忆模糊，但是那些刀刀叉叉，保证印象深刻。

我们的中餐来来回回就是一双筷子，变不出花头。有些餐厅看样学样，一黑一白，摆两副筷子给你，问题是永远没人上前说明，到底是公筷私筷，荤筷素筷，还是冷筷热筷？我到现在也搞不清楚。

苏州人吃大闸蟹时拿出蟹八件，就把法国人比下去了。不过这套家伙太过复杂，不是每个人都会使用，总结下来，出动剪刀的频率最高，其余只是摆设罢了。

同样用筷子，正统韩餐不管三七二十一，先来十几碟小食和泡菜，气势惊人。也许可以笑他们没东西吃，但必须承认，韩国菜的仪式感之强，远超食物本身。

火锅的仪式感，不逊烤鸭。满桌菜已备齐，锅中水未开，单是等着水滚，已是最好的桥段，把人的食欲，勾至顶点。

说回麦当劳，你看那边厢，粗俗的男人抓了一把薯条入口，但是这边厢，优雅的女人坐下，把可乐杯的塑料盖取下当成碟子，再将番茄酱包温柔地撕开一条小口，慢慢挤在上面，接着仅用两根手指，捏着薯条的一端，细细地蘸酱入口。此时此景，谁敢说吃薯条就没有仪式感了？

菜抄公

天下文章一大抄,这个道理,放到做菜上面也是一样的。

文人们解释,文章无非是文字的排列组合,出现雷同并非不可能,退一万步讲,别人珠玉在前,借鉴一二有何不可?再不济,打上引号,注明出处,等于拿到免死金牌,没办法做什么批评。

厨师亦依样画葫芦,这么说起来,做菜也只是食材和调料的排列组合嘛,你文人抄得,我们就抄不得?

文章还有版权保护,但是从来没听说过有为某道菜谱打官司的故事。所以你看,一家餐厅发明新菜,只要受顾客欢迎的话,数月之间,必定家家馆子照做,绝无例外。

像那道干锅花菜,是从湖南菜吸收的灵感,把花菜用辣椒蒜头炒过,另下肥肉片,愈加热愈好吃。结果就这么流行起来,不管是湘菜馆、川菜馆、沪菜馆、粤菜馆,统统写在菜单上,嫌花菜价贱,更是特意标上"有机"二字呢。

另一例子是从非洲引进的冰草,本身带咸,做成冷菜永远不会失败,各家皆拿出来奉客。食客追求新奇,一时卖得很贵,但是精明的商人不会告诉你,冰草在原产地,只是喂牲口的牧草罢了。

研究起来,所有抄来抄去的菜式,全是所谓改良菜和创新菜,煨煮居多,要么是依靠食材,无一是凭刀工或火工取胜。骂他们邯郸学步或者东施效颦并不恰当,毕竟照抄的蓝本亦不见得高明到哪里去,大家赚赚客人钱,没人计较最先的出处。

说到底,那是因为现代的厨师基本功不扎实之故。旧时考较大师傅功力,请他炒一碗蛋炒饭,即知高低,今日也来这一套,就算是所谓的烹饪大师,十之八九都会出洋相。

我并不反对抄菜,从前的厨师爱动脑,有些时候反而青出于蓝胜于蓝。像本帮菜的红烧,是向徽菜学来,但发展出"自来芡"的工艺,当今一提红烧,皆以沪菜为首了。

代表作的红烧肉,流传何止百年,一向是家常菜,原来不上宴席台面。自二十年前被人当成招牌售卖至今,已变得菜单上没有红烧肉,就不像本帮菜馆似的。当年那位突发奇想的厨师,有次见报,竟干脆被冠以"红烧肉创始人",跻身名厨之列。

佳话还是笑话?我不置评,但这位师傅向前辈抄菜,确实达到最高境界,菜抄公之名,受之无愧。

加法和减法

最害怕进法餐馆吃饭，侍者背书般地向你介绍："我们做的是传统法国菜。"要知道"传统"二字，说起来比做起来简单得多，侍者多半自己也没接触过，可信的程度不高。

通常我嘴上不讲穿，心里却想，挂传统的牌，上桌的可未必。果不其然，头盘拿来一看，是什么带子刺身配鱼子酱和芥菜泥，即刻猜到主厨不是日本人就是台湾人。

为什么那样肯定？日本人对法国菜的崇拜近乎疯狂，但是他们有一个致命的毛病，喜欢把法餐的代表元素尽可能多地堆砌上去，当然也少不了用一点日本的食材，结果做出不伦不类的 Fusion 菜。台湾受日本的影响深，亦被传染。

再来海鲜汤，说是马赛鱼汤的升级版，先是用鱼蓉打了蛋浆，蒸得软滑，铺在盘底，上面摆鱼虾，跟着冲汤，又下上等的藏红花，蘸面包的 rouille 蒜蓉酱，则加入海胆去调，成本吓死人。确实又浓又甜，不过好像离传统有点距离，你尽可以解释，每家的鱼汤都不同，可我总觉得花巧和豪华是足够，问题是要表达的重点太多，凡事过犹不及，就是这个道理。

曾有一位颇有名气的日籍法餐师傅做菜给我吃，一连几道，皆犯此病，最后用照烧的手法炮制了一块金枪鱼脸颊，才觉得满意。但这已经变回日本菜，跟法餐没有任何关系了。

说回中餐，有次在一家新派的上海餐馆，经理郑重推荐黄豆肉丝汤，师傅生怕不够惹味，以很浓郁的高汤去炖，肉丝和黄豆都很硬，反而不讨巧。这道菜的诀窍其实在于事先要用大量肉骨和猪脚的胶质慢慢把黄豆烧酥，最后仅下肉汤略煮即成。厨师的基本功不扎实，心思白白花在不对路的地方，再多加法又有何用？

但二流厨师知加不知减，以为追求色香味，就是拼命加加加，减法的道理，只有真正高明的厨师懂得。

友人蔡昊兄即是减法派的倡导者。他的潮菜工作室，就主张"食材为先"，让大家尝到原汁原味的菜式。

蔡兄认为,好的烹饪技术是将食材的缺点尽可能地去掉,并将它的优点发挥出来。请注意,是"去掉"而非"盖掉",前者减法,后者用调料做加法,一字之差,显出境界上的高低。

但加和减的尺度,除非大师级别,不然不能把握。我已说过过犹不及的道理,减法亦然,一路减到底,干脆清水涮火锅,就变成饮食文化的彻底退化了。

正宗与美味

看到有人写鱼香肉丝的做法,说先要将郫县豆瓣酱细细剁碎,炒出红油,即有网友指出,应该是用泡辣椒才对。

向川菜大师邓华东师傅请教,老师傅点头:"首先,肉丝过油就错了,川菜的炒法,是一锅成菜,我们认为,过油的过程,已将食材的鲜味走掉。"

"至于豆瓣酱和泡辣椒,鱼香肉丝确实该用后者。"邓师傅说,"豆瓣酱不是不行,但这么一来,变成另一道菜家常肉丝。"

原来如此。我想毛病大概出在郫县豆瓣酱实在出名,大家以为缺了这味调料就做不成川菜似的,什么菜都要来一勺,为求正宗,一定要加上"细细剁碎"几个字。

邓师傅大笑:"郫县也有好几家老字号嘛,每家都不同,非要追求正宗的话,不同流派还得选定不同字号。再细究下去，用哪家的酱油、哪家的醋都有规矩，不像现在千篇一律，尽是生抽老抽和镇江醋。"

我也批评过，杭州的西湖醋鱼走样得厉害，最大的问题是不再用本地的酱油和醋，结果搞得黑漆漆一团。如果大家看过梁实秋先生《雅舍谈吃》的"醋溜鱼"一节，或者七八十年前的菜图，就会发现正宗的西湖醋鱼，以醋为主，酱油为辅，芡如玻璃般透明。

开玩笑说怪那些老菜谱，只写酱油几钱、醋少许，从来不注明产地。当时的师傅们绝对料不到有朝一日本地货会被大品牌抢占市场，一一消失吧。

调料的问题不可深究，不然全球工业化的今天，再也没有完全正宗的食物了。至少还是可以从食材搭配和烹饪手法上寻找一点端倪，比如用蹄髈、火腿和扁尖滚了汤，算不算正宗的腌笃鲜呢？我的意见，尽管料足的前提下，必是一碗好汤，但不是腌笃鲜，也称不上金银蹄，因为后两道菜都是用咸肉或咸蹄而非火腿。硬要叫腌笃鲜，上海人就不买账了。

对于外乡人来说，正宗不等于美味。到北海道来碗最正宗的札幌拉面，同行小朋友皱着眉头说，面硬，汤又油又咸，一点不好吃。我亦曾经试着告诉北方朋友，正宗的生煎馒头皮略厚，汤汁更不会多，他们始终不以为然，还是觉得那种油炸汤包一样的新派生煎较对胃口。

前些日子，有人向蔡澜先生提问："到某个地方旅行，怎样判断食物正不正宗呢？"

蔡先生懒洋洋地回答："你觉得好吃的，就当它正宗咯。"

健康生活

"中国人的饮食,是不是愈来愈讲究健康?"有一家咨询机构这么问我。

"哈哈哈!"一下子不知道怎么回答时,先大笑三声再说,对方一定追问为什么,有了这几秒钟的缓冲时间,足够充分思考。

果然上钩,但此时我已想清楚要表达的内容。

"表面上看来,是这么回事。"我说,"不过正像百分之九十的人分不清食物的好坏一样,大部分人也搞不明白健康的含义。"

见对方点头,我跟着补充:"以前只得温饱时,没人追求健康,当今还是只懂得从饮食入手,要知道,健康是一套完整的生活方式,包括你的家庭、作息习惯、兴趣爱好等等,当然亦包括饮食,不可片面言之。但是饮食始终是最重要一环，一个人可以什么事都不干，就是不能不吃饭。好好吃饭这件事情，其实是好好生活的缩影。"

"所以还是有健康饮食一说？"

"我的好朋友'食家饭'姐姐常说，只有不健康的吃法，没有不健康的食物。可惜这个道理很少有人懂，所谓讲究健康饮食，最后变成健康食物大甩卖。"

"那么中国人心目中，有哪些健康食物呢？"

"看三流专家在电视上怎么说啰。"我笑起来，"吃了贫穷年代的苦，我们父母这一辈，其实相当缺乏判断力。专家说绿豆健康，就一窝蜂地吃绿豆，说木耳健康，又一窝蜂地吃木耳。我一向说，人云亦云的事情最要不得，偏偏自家的长辈也这样，而且他们只听专家的话，儿女的意见，反而抛在脑后。"

"何况，某种食物健康与否，也随着时代变化。若干年前，大家都说植物油比猪油健康，今天已有很多科学研究证明反式脂肪的危害了。我的观点是，任何食物，一味穷吃，不会有好处。有个朋友说，爱吃的东西吃不坏。我不同意，他是两百多斤的大胖子，即是吃出来的。但是我赞同你的身体自然会告诉你需要什么，跟着感觉走，东吃一点,西吃一点,保证没问题。"

"和健康无关?"

"是。刚才说了,没有不健康的食物。健康却不好吃的倒是大把,一吃,心情即刻变差,唉,唉,心情不好最致命了,还谈什么健康呢?我是个怕死的人,不好吃的东西,留给不怕死的朋友好了。"

醉在江南

享宴,是一种生活态度

川扬合流

多数人对川菜的第一感觉是麻和辣。市面上那么多三流川菜馆,千篇一律的水煮鱼和馋嘴蛙当道,又油又麻又辣,还拼命下味精呢,实在大倒胃口。

满城皆如此,令人产生怀疑,一向在中国菜系中占重要地位的川菜,如此不堪?但是小时候的记忆告诉我,麻辣只是川菜的一面罢了,大家留下"川菜麻辣"的坏印象,完全是后来劣厨当道,才变了味。

距离现在新派川菜横行有三十多年了吧。也许有人会问,你们上海人,那么早就接受川菜?这件事有点故事可讲。回到上世纪30年代,历史的原因,川菜沿长江而下,传入上海,最早是由董竹君的"锦江饭店"开始。当年本是淮扬菜当道,但是川菜一来,风头盖过,像"梅龙镇""绿扬邨"这些淮扬馆子脑筋动得快,即刻引进川菜师傅,结果收到奇效,演变成独一无二的川扬帮。

川菜师傅们当然是成都人和重庆人,他们的徒弟,则以上海人为主,川扬菜本来川是川,扬是扬,经过数年并存,DNA相互影响,产生化学反应,所谓"川扬合流",上海的饮食文化中,这一类的融合特别多,移民城市的包容性,由此可见。

四川方面,并不视上海人的发明创造为另类,相反,因为变得有基础、有格调,反而作为一脉分支"下江菜",承认至今,按照现代的说法,我叫它"海派川菜"。

麻辣炝虎尾,是海派川菜代表作之一。炝虎尾本为淮扬名菜,老师傅们改用川菜手法炮制,别具一格。这种变化,基于川扬对黄鳝有相同的认识和理解之上,绝非随随便便的Fusion。

再比如川菜中的干烧,成都派用泡椒、笋丁、香菇丁和醪糟汁,我们用葱姜蒜和本地酒酿,听起来完全不同,但烹饪的原理万变不离其宗,根源上守住了,再怎么发散,也是川菜的灵魂。

"川扬合流"的基础是在川菜名厨沈子芳老先生手里奠定的,他的得意门生徐正才师傅还在,我那天提了出来,引起老师傅连连感慨。

"原来用'川扬帮''由扬入川'比较多,但是你讲的'川扬合流'形容得更贴切。"徐师傅说。他主理"梅龙镇"的年代,恰巧是我三天两头往那里跑的阶段。

这四个字并非由我发明,是看老早的饮食文章留下深刻印象,"合流"代表饮食文化的成功融合,而且令人联想起连接川扬两头的长江,非其他词语可代替。

馒头与大包

上海话中,本来没有"包子"这个词,所有的包子类食物一概以"馒头"称之,比如肉包子叫肉馒头,菜包子叫菜馒头,小笼包子则叫小笼馒头,等等等等,绝无例外。

外地友人摸不着头脑,"包子"二字,顾名思义,有馅才对呀。但是仔细考证起来,诸葛亮七擒孟获,发明肉馅馒头代替祭祀的人头,馒头者,蛮头的谐音也。这段故事有史可查,应该可以相信吧。

"好像有点道理。"外地友人表示赞同,"不过我们说的馒头没有馅,你们又叫什么?"

"淡馒头、白馒头,干脆叫馒头也行。"上海老饕义正辞严,外地友人听了甘拜下风。

说个笑话罢了。其实不单是上海,江浙一带的吴语方言多有这个习惯,像上海的"南翔馒头店"、常州的"迎桂馒头店"，皆以小笼闻名，你在店里翻个半天，也找不到一只没有馅的淡馒头。

后者的"迎桂"，亦有百年以上历史，小笼反而没什么特别，当地人吃得最多的，是他家的鲜肉大包。

奇怪得很，一说起这种大型包子，我们就不用大馒头形容了，大概是从北方话传来的缘故。

包子的体积尚在其次，关键看馅的多少。上等大包以本伤人，那团馅有拳头大小，一咬之下，还有股鲜甜的汁水呢。要是小气地只下一丁丁的肉，哪会有人碰它？

上海本地的大包，以"天山大包"为最。从前是"天山酒家"的外卖食物，生意滔滔，本店关张后，单独变成连锁店生存下来，当今仍是著名的一方小吃。

味道当然不错，单单比较体积，就不如"迎桂"了。

印象中，江南传统的包子，大小不逊"迎桂"的，只有无锡的"鸿运"大包。共有蟹粉、虾蓉、鲜肉、素菜、豆沙、芝麻、菜猪油七种馅，各有千秋，最最最最特别的，是无锡才有的菜猪油馅。

又是青菜又是猪油，一点盐也不下，只用大量的糖，有些北方朋友咬了一口，吓得吐了出来。

但天下美味,有点像扬州的翡翠烧卖,胜在猪油粒粒分明,质感十足。这种吃法,爱的人爱死,恨的人死也不碰,完全没有中间路线。

我认为任何古怪的食物,至少要鼓起勇气,尝试三次,方有资格下好不好吃的结论,所以推荐给大家,敬请一试。

"鸿运"大包的直径足足有十公分,原先皮更薄的时候更精彩,现在成本打不下来,厚了一公分。

无锡特产

从前火车停靠无锡，站台上的小贩必然大声叫卖两种食物，清水油面筋和酱排骨。

两者并列在官方宣传的无锡三大特产中，另一特产是惠山泥人，与饮食无关，倒不是大家印象中的无锡小笼。毕竟小笼江南处处皆有，口味上的区别罢了。独沽一味的东西，才算特产。

但是清水油面筋，也是江南的常见食材之一呀，无锡的又有什么特别？

相传是惠山下尼姑的发明，这个说法听过即罢。不过无锡面筋确实好过其他地方，大概是水质的关系吧。

说和水质有关，因为面筋的制成必须经历水洗的过程。以清水揉开面粉，大力搓搓搓，至够黏，再把表面的面粉洗去，剩下的那一个面团称为水面筋，上海少见，但苏州、常熟、太仓一带常用来塞肉,相当可口。

把水面筋发一发酵,如果蒸熟,即成烤麸,如果油炸,即成油面筋。通常要油炸几次,有点水准的馆子讲究自制为佳。

上海的油面筋,呈淡黄色。无锡的浅棕色,体型虽大,分量并不增加,胜在薄而韧。更关键的,后者表皮坑坑洼洼,炒起来易入味,又不会烂过头。

在上海有时也买得到无锡面筋,吃起来层次丰富,入口即能分辨真伪,倒是很难用普通货色冒充。

面筋入菜,最简单的莫过于炒香菇面筋了。这道菜的诀窍是材料好,麻油和糖不可手软,自己在家炮制,做到这一点,绝对不会失败。

另一种特产酱排骨,原名肉骨头,并非东北那种酱棒骨,而是用肋排部分,唛唛是肉,吃个过瘾。怕游客误会,改名酱排骨,但我还是觉得肉骨头的名字较为亲切。

做法方面,公开的菜谱写着:一百斤的生肋排,下硝末二两、盐二斤、酱油十一斤五两、绵白糖五斤、黄酒二斤五两,葱姜、八角、桂皮若干,中火炮制两个钟头,最后得六十四斤成品。

听上去简单,但各家各有秘方也是事实。哪家最好?"陆稿荐"的品牌最多,有"陆稿荐""老陆稿荐""真正陆稿荐"等等,就像上海有多家"老大房"一样,看得稀里糊涂,更别说还有什么"老三珍"之流呢。总之请大家记住,无锡人自己光顾的,还是"三凤桥"居多。

《舌尖上的中国》这部纪录片介绍无锡肉骨头,即是在"三凤桥"的厨房拍摄,再说明问题也没有了。

七家湾锅贴

南京的回族文化和朱元璋有点关系。他老人家起事的凤阳,是个回民聚集区,所以一向有"十回保朱"的传说。

找出一张朱老兄的御膳菜单,记录如下:胡椒醋鲜虾、烧鹅、羊头蹄、鹅肉巴子、咸豉芥末羊肚盘、蒜醋白血汤、五味蒸鸡、元汁羊骨头、糊辣醋腰子、蒸鲜鱼、五味蒸面筋、羊肉水晶角儿、丝鹅粉汤、三鲜汤、绿豆棋子面、椒末羊肉、香米饭、蒜酪、豆汤、泡茶。

水陆齐全,唯独无猪,多半这一餐是和他的回民马皇后一起享用。

甚至有人认为朱元璋本身也是回民,但不可考。不过清真饮食早已进入南京人的日常生活,铁板钉钉,无须论证。像当今南京最著名的食物板鸭和盐水鸭,皆是回民大师傅的发明。

从前回民集居在七家湾一带，最早住有七家回民，故得名。一说起当地的牛肉锅贴，南京老饕一定口水直流。那时应该有整条街规模的盛况吧，但是近十五年间，拆迁的关系，已不再。

你走在南京的大街小巷上，会发现大量挂着七家湾招牌的锅贴铺，噱头而已，老饕并不买账。

正宗的还是要到原址去找。仅剩的两家"李记"和"草桥"占据小巷的两头，各做各的生意。

回民锅贴店的特点是通常兼卖生牛肉，即宰即卖，上海人说的热气肉，新鲜程度非超市里的冻肉可比。

牛肉的质素一流，剁出来馅天然有股鲜汤，又用很薄的皮来包，当然好吃。最重要的是以菜油煎之，出来的锅贴香喷喷的，色泽金黄，犹如元宝，可爱之极。

和上海的生煎馒头一样，是依靠煎的手段，由生变熟，才有皮软板脆的口感。一味求快，倒很多油下去，就变成炸了。

跟煎饺有什么差别？后者是事先用水煮过的熟饺子，家里也不难操作，锅贴的话，普通人做不好。

两家的锅贴都有水准，不同之处在于"李记"肉馅里放了葱,"草桥"纯肉罢了。不是致命问题,我较喜欢纯肉馅的,但回民牛肉永不注水,牛味重,用葱香盖一盖,可能有些朋友就吃得惯了。

锅贴之外,还有牛肉汤、牛肉煎包、卤牛肉等等的食物。特别的是牛肉扁食,馄饨的古称。看见大肚食客,干掉整碗扁食和堆成山的锅贴,实在甘拜下风。

上海的城隍庙,原来有一味咖喱牛肉汤小馄饨,不知是否从牛肉扁食变化而来。唉,早就没人做了,怀念来干什么?

海派西餐

上海纪实频道拍了一集纪录片《我爱海派西餐》,我也参与其中。播出后反响不错,全片以上海话录音,更令人觉得亲切。

到底什么才是海派西餐?后来摄制组举办一场和这集片子相关的沙龙,台下的听众突然举手发问。

这位朋友当然不是上海人,不过就算土生土长的上海人之中,搞不清楚的也不少见,尤其年青的一代,接触正宗法餐意餐的机会多,反而我们自己的海派西餐不太问津。

我是讲不出什么官方的定义。按我的理解,所谓海派西餐,首先不属于中餐的范畴,但在欧美也同样找不到。如果一定要下个定义的话,不如说上海厨师做给上海客人吃的西餐好了。

主要是开埠早,本地的饮食文化受到洋人的影响,反过来又把自己对食物的理解渗入西餐。相类似的，有广州人的酱油西餐，由迁往香港的"太平馆"发扬光大。其实烟台、海南等地也有自己的西餐，当今皆已式微罢了，像后者的海南西餐，在移民最多的新加坡也流行过一阵子，但是今天你在两地都难觅也。

政治和经济的因素是一方面。解放后物资缺乏，进口货更是奢侈，有些地方的西餐消失也在情理之中。上海相对的条件较好，才有保留至今的可能。

食材不能满足，聪明的上海师傅即发明出各式各样的替代品。本来煮罗宋汤要用牛肉，但无法供应的年代，就改用红肠，亦不逊色。烙蜗牛则变成烙蛤蜊，最厉害的是用大闸蟹拆了蟹粉来焗芝士，西方厨师一辈子也想不到。

老三样的罗宋汤、土豆沙拉和炸猪排更是早已到了家家户户都能炮制的地步。特别是炸猪排，有些家庭把苏打饼干用酒瓶碾成屑，取代面包粉，效果极佳。

吃海派西餐，没有辣酱油的搭配，即刻走样。欧洲人配油炸食物的喼汁，经梅林厂的老师傅仿造成辣酱油，一下子占领市场。两者的味道还是有区别，但是我们上海人的味蕾已完全被辣酱油征服，连老祖宗的喼汁也比了下去。

有意思的是辣酱油的流行仅限上海,北方的朋友笑着问:"是加了辣椒的酱油吗?"

说起来,海派西餐应该算是Fusion菜的一种,又不是胡搞一气了事的伪Fusion。任何的Fusion,都非经历文化的碰撞和时间的考验不可。

最完美的皮肚面

外地游客初次接触南京的资料,一定被夫子庙的秦淮八绝吸引。但是我也曾在夫子庙探食,没一家像样,傻兮兮上当的经验,不必和大家分享了。

老饕级别的当地友人朱波兄就这么笑我:"骗骗你们游客啰,我们南京人谁会去?"

说的也是,上海人之中,又有谁常去城隍庙呢?

"带你去吃皮肚面。"朱兄说。

我这个面痴对每座城市的面都有兴趣,一方水土养一方面,学习当地的饮食文化从这里入手又简单又快速,何乐而不为。友人姜浩峰兄在大作《江湖一碗面》中写到,"未来有多长,面条就有多长",言之有理。

其实皮肚面应该叫小煮面才对,为南京特有,在别的地方从未见过。只在街头巷尾小铺经营,走进高档大饭店绝对吃不到。

用两口锅。一口渌面，通常以碱水面为主，求一个筋道。另一口先下热汤，考究的会用板鸭来熬，普通的只是清水加猪油罢了。汤一滚，即刻倒入食客叫的那些食材。

上等猪皮用猪油炸了，淘米水反复浸发晾晒，上海人叫肉皮，南京话称为皮肚，这一味总是必不可缺，所以别名皮肚面嘛。此外，客人爱吃什么就叫什么，熏鱼、排骨、大肉任挑，但简简单单地只选青菜、肉丝、番茄、木耳和香肠，算上皮肚，就是最受南京人欢迎的六鲜面了。

乱加一气，变成七鲜八鲜也没人说你。要油渣的最多，去得太晚一定售罄，其次是猪肝、猪腰之类的内脏，南京人一点不怕胆固醇，真了不起。

朱兄说："内脏不新鲜会吃出问题，判断一家面馆水准如何，看看肝腰肠肚就知道呀。"他是老饕，非得多加一枚生鸡蛋，否则不过瘾。

把以上这些东西烩之，另边厢，面已煮到七分熟，也移过来。再煮几分钟，香喷喷的小煮面即成。

装在一个巨大的海碗里上桌，末了师傅十有八九会用南京话问："阿要辣油啊？"能吃辣的朋友不妨要一点尝尝，有质素的面馆多数自制,各有秘方,香得不得了。

南京应该有数千家小煮面馆吧,有些连锁店,分店一间连着一间,也有很多人光顾,但是并不特别,倒是几家不起眼的小馆子,能将我上文介绍的那些全部做到,算是最完美的皮肚面了。

街头食物,当然下味精,又不是毒药,有什么关系?请大师傅手下留情也照做,美味不减。

小笼与汤包

大家常说的小笼汤包,其实是两种食物。

都是肉馅带汤的小型包子,极易混淆,到底有什么区别呢?

参考1981年出版的《家常点心》,总结起来,共计五点:

一、两者都要用到发酵过的面皮,但小笼的皮薄,五成醒即可,也有不发的做法,汤包的皮略厚,要七成醒才行。

二、小笼体大,面皮直径为两寸,汤包个小,仅一寸二分罢了。一客小笼通常有四颗,汤包则多达六至十粒。

三、汤包中要下大量皮冻,小笼用得较少,或者干脆不用,仅凭剁馅时天然产生的汁水。

四、小笼的褶子朝上,留一个洞口,像常州的加蟹顶黄小笼，用块蟹黄把洞口封住，以示真材实料。汤包不开口，不怕汤水漏光，有些店家特意褶子向下倒置，以便看清馅料的品种。

五、小笼没有固定的搭配食物，汤包传统上一定要来一碗蛋皮丝汤。从前用正宗的鸡汤，免费送给客人，当今以味精水充数，再多收几块大元。

第二条的大小之分有时候也模糊得很。像著名的上海南翔小笼就和最小号的汤包差不多，汤包的尺寸反而愈做愈大。

馅的内容可变化无穷。鲜肉之外，旧派的加蟹粉、虾仁，新派的加丝瓜和山药。加什么也好，葱姜忌多，否则让客人觉得肉不新鲜，不是闹着玩的，但是可用葱姜水，或者斩得极幼的姜蓉。

汤包应该是苏州人的发明。小笼的争论最多，上海、苏州、常州、无锡、南京，都把自己当成创造者。何苦何苦，一方水土养一方小笼，争来争去，不如踏踏实实地把食物做好。

讲究现包现蒸，愈烫愈佳，但是早年的苏州汤包以袖珍著称，有些食客来得个喜欢一口一个，享受嘴中爆浆的快乐,所以得先凉上一凉。大力吹气有失文雅,结果发明出把汤包浸入鸡汤的吃法。

也有道理,降温之外,汤包皮厚,浸后改善口感,不过里里外外都是汤,实在单调,流行了一阵子而已。

这一招给台湾人的"鼎泰丰"学去,变成一个噱头,还不是天天供应呢。

说起台湾人的小笼,生意是他们做得厉害,可惜乱七八糟的改良太多,鹅肝、松露之类的贵货拼命加,无非为了卖个高价嘛。唉,平民化的食物,干什么要与鲍参翅肚为伍?

理论上汤包和小笼不会出现在一家馆子中,有些店家乱来一气也没办法。至于长江沿岸那种要用麦管吸汤的灌汤包,属于不同地区的饮食文化,不在本文讨论范围。

鸭之城

南京是名副其实的鸭之城。

养鸭史可追溯到春秋,《吴地记》记载:"吴王筑城,城以养鸭,周数百里。"当今更是变本加厉,基本上每个南京家庭一星期内干掉两只整鸭不在话下,正确的统计数字则是日均消耗十二万只,你说厉害不厉害?

外地人了解南京的鸭文化多数由板鸭开始,经过腌制,可以长期保存的缘故,其实南京人本身反而不怎么吃它。

新鲜热辣的烤鸭和盐水鸭随时可在大街小巷的鸭铺购入,谁去碰又咸又硬的板鸭呢?

说起烤鸭,大家会觉得北京的较为著名,其实是在明朝迁都时由南京传入。多少年演变,两者之间形成差别如下:

北京的填鸭,肥得漏油,要用明炉的烤法,让油脂化尽。烤后还要利用余热再烘二十分钟，才能去腻。当今"全聚德"这些名店哪有这等闲工夫，我们批评北京烤鸭水准低落与省略此道工序有关。

南京本地的鸭瘦，明炉大火一烤即干枯，所以得用焖炉灌汤。所谓灌汤，是往鸭腔中灌开水，外烤内煮，方为正宗。有些商家用外地肥鸭代替，油腻腻的，实在吃不下去。

鸭子烤成，剩下的那腔汁水不可浪费，大师傅趁热用之调成蘸卤，客人拿在手里还是滚烫的，老饕看见，一定列为上等铺子。

当地鸭铺大多兼卖红白两味，烤鸭做得出色，盐水鸭也差不到哪里去。这种白汤菜对鸭子质素的要求更高，鸭皮上有点黑斑或是盖个章的话，即刻露出马脚给你抓到。

好的鸭铺永远生意滔滔，一早即排长队。烤鸭宜热食，现买现吃为佳，盐水鸭不妨作为手信。千万别买超市里难吃的袋装货，宁可走远一点，至少味道有保证。请师傅当场斩开，抽真空包好，带回上海也不会坏。

斩鸭也有学问，可斩四分之一或者半只。整只鸭有两块"前脯"和两个"后座"，前脯要搭一段鸭颈，后座则搭半个鸭头,是约定俗成的规矩。因为从中间剖开时有带不带鸭脊骨之分,故又有"软边"和"硬边"的说法,从前大部分人喜欢软边,鸭骨不占分量,省点钱也好。

把以上这套专业组合拳记牢,买鸭时照章打出,包你被大师傅另眼相看。

啖啖是肉固然不错,但中国人送酒喜欢啃点骨头,南京人把两根鸭翅、两枚脚掌拆开来卖,称为"鸭四件",也受欢迎。

兰溪小吃

抵达兰溪一游。这个地方听上去有点耳熟，但到底在哪里？打开地图，从金华往西二十多公里即到，从上海出发，五个钟头的车程，不算轻松。

旅行团会带你去诸葛八卦村、地下长河、大慈岩等等，乏善可陈。浙江的山水十分相近，大家一窝蜂地发展旅游，搞出一堆雷同的景点，看来看去，没一个像样。

饮食方面，试了几家大馆子，也不觉精彩。当地的豆制品质素不错，除此之外，简直留不下任何印象。

但是小吃就丰富得多，最著名的鸡蛋馃，由明清老饕李渔传下，当今像昆山的奥灶面，已被列为非物质文化遗产。

所谓鸡蛋馃，其实是种煎包。把皮擀得极薄，包入葱肉，呈包子状，以菜油煎之。另边厢，鸡蛋一枚打成蛋液，馃崒子顶部开小洞,就这么把蛋液倒入,再煎几分钟,即成。

不吃葱也不要紧,有青菜馅的变化,兰溪的青菜,炒得再熟照样碧绿,故名落汤青。另有薄馃,像是永康的肉麦饼,面皮内包着梅干菜和肥猪肉,有猪油的滋润,怎么会不香甜?有些朋友觉得比鸡蛋馃更好吃呢。

翌日起身到老城的步行街上,不像上海这些大城市被外地小贩占领,兰溪的早餐尚保留当地人经营的传统,看得大乐也。

说不出哪家最好,总之选客人最多的坐下不会错。又不是什么贵货,胡吃海喝地乱叫一通,也花不了十块钱。

天津包子跟天津一点关系也没有,反而像上海的生煎,不过是用大量菜油炸出来的。兰溪靠近江西,口味较重,一定要在米醋里加点辣酱,否则不过瘾。

不得不试的是兰溪大饼,别的地方绝对找不到。方形大饼,烘得香喷喷,剖开来,竟然是卤肉馅的,夹根油条进去,和豆腐脑或者咸豆浆配合,天下美味。兰溪的咸豆浆只用酱油和葱花去冲,胜在豆味极浓,好喝得不得了。

我这个面痴到哪里都要找面吃。兰溪拌面简简单单,手擀细面捞起,碗底铺一丁丁的辣椒粉和盐,淋麻油,撒点葱花,卖三块钱。另有咸菜、萝卜干、猪油渣等等七八种小菜,皆免费。每样各来一点,猪油渣尤其要多,这碗面下肚,包你大呼满足。

小城市有小城市的好,生活节奏慢,本地的食物,比比皆是,数十年味道不变。想起有部纪录片《寻找"四大金刚"》,上海人吃了数辈的豆浆、粢饭、大饼、油条,已沦落到需要寻找的地步,唉。

老八样

所谓上海本帮菜,用时髦的话来讲,算是 Fusion 菜。这座城市本身的历史不够久,移民又多,所以本帮菜受到苏锡、宁波、淮扬的影响甚深,也确有其事,但是那么多移民抵达之前,上海本地已有居民存在,他们吃了数代的本地菜,亦是本帮菜的重要基础之一。

这里的"本地",其实是指当今的浦东。在交通不那么发达的年代,大家还把浦东当成乡下呢。闭塞有闭塞的好处,作为本帮菜重要分支的本地菜,就这样保留下来。

本地菜的代表作,通常叫做"老八样"。到底是哪八样,说法不一,浦东地域广阔,川沙的"老八样"和南汇的"老八样"即不同,到了三林塘,又是一种面目。

查阅资料,较通行的版本包括:扣三丝、老甜肉、三鲜大蛋饺、金针木耳鱼、蒸三鲜、桂花肉、咸肉扣水笋及肉皮汤,但是在三林塘那家上过《舌尖上的中国》的著名馆子,郑重其事地列出正宗"老八样",是:走油肉、咸肉扣水笋、扣鸡、蒸三鲜、红烧鳊鱼、扣三丝、小葱肉皮和扣蛋卷。

差别并没有字面上看起来厉害,有些菜只是叫法不同,总之,老甜肉、咸肉扣水笋、蒸三鲜、红烧鱼、肉皮汤必不可少,当然还有最著名的扣三丝。

老甜肉即走油肉,既然有个甜字,下糖可不会手软。咸肉扣水笋则一点糖也不用,此菜的关键是咸肉要好,香气才足够。红烧鱼一定用猪油,再下金针菜、木耳和笋片,至于什么鱼,倒无定论,鳊鱼也行,塞了肉糜的大鲫鱼亦可。

蒸三鲜和肉皮汤都要用到肉皮,以三林塘产为最佳,别处的肉皮用油发,唯独三林塘肉皮用盐发,后者少油,蒸出的汤清澈,又胜在软滑。三鲜只是统称,过年时加至八种食材,称为"全家福"。

扣三丝最高级了,刀工细腻,简直比淮扬菜更像淮扬菜,连有些老饕也误会,搞不清真正出处。这家伙一经诞生,犹如一派浓油赤酱中开出一朵白莲,是上海菜真正登堂入室之作。不过,一般的本地菜馆,达不到最高级别的水准。

热菜"老八样"之外,还有冷盆的"老八样",又叫什锦大拼盘。先用一大堆酸辣菜打底,再围猪肝、白切肉和熏鱼,接着是皮蛋、大红肠和虾,撒上大量油氽果肉,最后恶狠狠地揿一大把肉松下去。这种拼盘,从前城里也流行过,一上此菜,要么是乡下亲戚登门,要么是儿子的女朋友敲定,要么是逢年过节,总之得有特别的事情发生作由头。现在大家跑到浦东,难得怀怀旧罢了。

夏天的话,再追加一道"第九样"吧。上海本地,自古有食伏羊的传统,说什么羊肉性热,他们压根不放在心上,愈是大热天,愈是烧酒羊肉吃个痛快,由早餐即始,真是白昼宣饮,人生一乐。

生煎与锅贴

蔡澜先生来上海,我们一起参加上海外语频道(ICS)"FineDining"组织的讲座。提问环节,观众向蔡先生请教:"您眼中标准的上海生煎是什么样子的呢?"

"皮极薄,汤汁会喷到脸上,才叫生煎包。"蔡先生说。

"纠正一下,上海话中没有'生煎包'一说,完整的表达应当是'生煎馒头'。"我和"管家"程熙兄不好意思反驳,干脆推"食家饭"俞沁园姐姐出来澄清。

"既然叫馒头,就该有馒头的样子,皮必须是半发面,汁和油都不能过多,不然变成油炸汤包了。"姐姐说,"蔡先生下次来,还是让我们带您去吃正宗的上海生煎吧。"

老人家听了大笑,"上海食物,你们上海人最有发言权。"其实不单蔡先生,外地朋友对上海生煎的错误印象,多数是皮薄汁多,连带不少年轻的上海人也搞不清楚,一切，都是拜那家新派的"小X生煎"所赐。

认识的上海老饕中，没一个喜欢所谓新派，大家皆怀念传统的味道。原则上，生煎有两种流派，分为清水生煎和混水生煎。前者是袖珍版的肉馒头，老早全靠剁肉时产生的天然汁水，但当今也会用到一丁丁的皮冻了，而且收口向上，皮的厚度适中。后者会下皮冻，亦不多，收口朝下，故底厚，皮则较清水的来得薄，不过还是保留发面。

吃惯老派的，对于新派生煎，我是不敢恭维。这些街头食物，自有一套规矩，乱来怎么行？

一些点心店，除了生煎，兼卖锅贴。上等锅贴，第一特点是两头硬，底板又焦又香，皮略粘牙，你一不小心猛地来一口，汤汁也大有可能飙到隔壁客人的脸上，但是慢慢咬开，并不会恶形恶状地潽出来。

请注意，有操守的点心店，生煎和锅贴一定是分开炮制的，要是锅盖打开，一半一半，劝你不要光顾为妙。

原因在于生煎是发面，锅贴是死面，煎起来的火候当然不能一视同仁，否则，或者生煎夹生，或者锅贴过头，或者走中间路线，两者都失败。这种经验，你有过比较即知。老饕友人"秋叶飞起"芮新林兄对上海小吃最有研究，他写文章说:"生煎与锅贴犹如兄弟,生煎和小笼却似兄妹。兄妹不可以一起洗澡,兄弟一起睡一张床未免也不妥。"真是绝妙。

话说回来,新派生煎倒是用死面,或许能和锅贴共存一锅吧,但是谢谢他们一家门,千万别再发明新派锅贴了。

腌笃鲜

如果要选出一道最能代表上海的汤菜,我想腌笃鲜一定会高票当选。

并非上海独有的菜式,在相邻的江浙也是常见食物,本来沪菜就吸收了很多周边地区的元素,有一些根深蒂固地保留下来,腌笃鲜即是最典型的例子。

所谓腌笃鲜,腌指咸肉,鲜指鲜肉,笃是小火慢煮的意思,古字写作左"火"右"毒",但当今已不用。

咸肉,是江南特有的,不像火腿那么流行,别处仿制腌笃鲜,往往以火腿代替。当然谈不上难吃,不过江浙菜中对于咸肉和火腿的使用,有固定的搭配,外省人搞不清楚。通常,用鸡鸭鱼滚汤宜配火腿,如果主料是猪肉,火腿的味道好像稍重了一点。

一方面,上世纪四五十年代,老上海中有一大批人移居香港，那边厢火腿较咸肉易得，思乡浓愁煎熬难解，已顾不上火腿和咸肉的区别了。另一方面，馆子做这道菜，总认为火腿是高级食材，可以卖个高价，干什么用回低廉的咸肉呢？

其实上等咸肉鲜香不逊火腿，又不至于因为发酵味抢去主料的风头，其中妙处，只有江南的朋友懂得欣赏。

炮制腌笃鲜最好选带肥的咸肉，鲜肉亦是如此。当今人求健康，改用瘦肉的排骨，也行，但两者应至少留一肥，全瘦的话，味道就走样了。

单是咸肉和鲜肉滚汤，不叫腌笃鲜。菜名中省略了一样重要的食材——春笋，简直是此菜的灵魂。

所以腌笃鲜传统一向是春天的当季菜，如果有人说从前过年吃到腌笃鲜，多半是记忆发生了偏差，现在外地春笋上市早，不再那么讲究。有些地方很难买到质素上乘的春笋，只能用冬笋或者扁尖代替。我还是那句话，味道也不会差到哪里去，但不算正宗腌笃鲜。

凑齐咸肉、鲜肉和春笋，即是完美的腌笃鲜。此外城里人会额外放一些百叶结，乡间则下大量的莴笋，彼此相互看不惯。

把咸肉换成风鹅，就叫鹅笃鲜了，鲜肉换成老鸡，按理是腌笃鸡才对，实在难听，改称鸡笃鲜，也罢。咸肉和鲜肉换成咸蹄髈和鲜蹄髈，有个更妙的名字，叫做"金银蹄"。

上海人，家家户户都会做腌笃鲜，把所有材料一锅滚之，最简单了。笋要稍晚放入的道理大家都懂，但更精细起来，煮至半程，先将咸肉一一捞出，临出锅再倒回去，既不会把咸肉煮得发柴，汤的咸度也好控制。

饭店里就不能这么操作了，他们变通的办法是把鲜肉和咸肉分别按各自的火候煮两锅汤，客人下单，即各取原汤一半，下笋和猪油，滚后上桌。

用猪油为了使汤发白，又显得很浓，厨师的小伎俩罢了。

五味华夏

享宴,是一种生活态度

怀旧早茶

来到香港,叹早茶是必经事。我对那些新派茶楼一点兴趣也没有。不嫌老派,又想找回传统味道的朋友,"莲香楼"是选择之一。

老派的标志,是由上了年纪的侍者推部小车,上面放着热气腾腾的食物,客人看了现货再挑选。

说是挑选,实际要拿出"抢"的速度,不然像叉烧包,三两下子即沽清。

印象深刻的是猪肚烧卖,用两片猪肚包了虾和香菇的肉馅,名副其实地怀旧,别的地方早已不做。同时供应猪膶烧卖,猪肝是也,广东人嫌"肝"字同"干",改称为"膶"。

特别的还有菜卷,是用淮山包了竹荪、猪肉、鱼饼再去蒸的,非常好吃。鹌鹑蛋烧卖别处也吃不到。

糯米鸡亦精彩，其他食物就普普通通，比起我最喜欢的"凤城酒楼"逊色一些，不过足以把所有的新派茶楼都比下去。

我说的"凤城酒楼"，由顺德师傅掌勺，有多家分店，但一致公认北角的那家最佳，墙上挂着蔡澜先生的题词——"回味无穷"。

品种不多，翻来覆去就是这么几样，计有：怀旧糯米鸡、葱姜蒸爽肚、高汤鲜竹卷、沙爹金钱肚、XO酱蒸鲜鱿、豉汁蒸凤爪、四宝鲜鸡扎、豉汁蒸肉排、山竹牛肉球、凤城灌汤饺、蟹子烧卖皇、鲜虾蒸粉果、凤城虾饺皇、蛋白炖鲜奶、蜜汁叉烧包，等等等等，整张菜单，三十件左右罢了。

早茶之道，贵精不贵多。那些什么都卖的馆子，一定用内地工厂冷冻货充数，侍者骗你，你的舌头骗不了你。

本来到了这里，不必叫那些大路货色，但是你吃过这家的虾饺和烧卖，就知道什么是古法和正宗了。

首先，虾饺和猪油是分不开的。制皮时即要下猪油，不然不软熟也不弹牙。当今用大量鹰粟粉代替，看起来透明，结果一咬满嘴是糊。馅料的虾仁，以前用现剥的河虾，现在改成海虾,都是冰冻的养殖货,鲜度不佳,更是非用肥猪肉借味不可,只有光秃秃几粒虾仁的话,不尝也知不好吃。

烧卖也是同样道理,而且不能用绞肉机。有些厂家发明机器切法,凭良心说,吃不出来,但是在"凤城",有理由相信还是坚守传统的。

四宝鲜鸡扎,是用腐皮包了滑鸡、猪肚、肉皮和玉米笋,淋上鸡油蒸出来,也很罕见了。灌汤饺更是依足古法,巨大的饺子中有丰富的馅料和上汤,吃时破开一点皮,滴红醋进去。这些细致功夫,新派厨子才不肯做,他们胡乱把水饺浮在汤碗里上桌,就叫灌汤饺,实在笑死人也。

比"莲香楼"更诱人的是游客罕至,全为当地客,侍者连普通话也不会讲,反而觉得亲切。

杂谈北京烤鸭

北京烤鸭，大概是中餐最出名的食物。热气腾腾的烤鸭出炉，即推至桌前，由师傅当场片之，香气袭来，令人垂涎，大家皆作嗷嗷待哺状。现场的仪式感，不输给日本人的寿司。

已经一简再简，回到八九十年前，客人还要先选鸭，再用毛笔在鸭身署名，以明正身。

外国人了解中国菜，也多数从北京烤鸭开始。日本横滨的中华街，用荷叶饼包了鸭皮和鸭肉，一客一客卖给你，来得个贵呢。

主要分挂炉和焖炉两派，当今前者流行，后者式微。倒不是说有什么高低之分。主要挂炉是明火，一目了然，便于操作，焖炉用暗火，对厨师的要求更高。

单说挂炉烤鸭好了。

完整的烤鸭过程包括打气、掏膛、灌水、挂钩、烫皮、打糖，最后才是烤制。

入炉前的所有步骤，均由一个人单独完成。但见此人，久经训练，左手紧卡鸭颈根部，右手按定鸭右腿，气定神闲。

打气不可多，会破口跑气，气少又嫌干瘪。之后手指就不能碰鸭脯了，否则形成指印，难看得很。

将心、肝、肫、肺、肠一一掏出，全靠右手拇指和食指的功夫。你也许会问左手派什么用场？自始至终，左手都卡着颈部，一旦跑气，就前功尽弃了。

再用高粱秆做的"鸭撑"把鸭腔撑开，反复灌水洗之，挂钩。从前双手之外，对肺活量的要求也颇高。因为那时没有气泵，需要人工吹气的缘故。

挂好的鸭子用滚水烫皮，水过多，会使毛孔漏油，不易上色，过少又会皮面松弛，外观欠佳，中间尺度，要靠老师傅教你。

接着是打糖，用麦芽糖水上色，如是两次，再将鸭腔灌开水入炉。

挂炉的原理是依靠热力反射，火力由炉门射到炉顶，将顶壁烤热,再返回到鸭身。炉温要稳定在二百三十度至二百五十度,过高过低都不行。

四斤重的鸭子,冬季夏季时间不同,但平均至少需要四十分钟。我有次走进一家烤鸭店,侍者说鸭子刚入炉,一等三刻钟,即知他家是有水准的。

吃时用荷叶饼或者空心烧饼夹之,老北京旧法,男人吃荷叶饼,女人只限烧饼,不知是什么道理。

鸭子照理应用肥得漏油的北京烤鸭,火候关键,不然发腻。新派改用瘦鸭甚至乳鸭,又有人觉得不够肥,这件事情颇有争议,但总是一次探索性的尝试。

很难下结论哪家的烤鸭排第一。烧烤食物,香气和温度至上,要做到特别难吃和特别好吃,都是不容易的工作。

云吞面

就像我们的小笼馒头，云吞面是香港的代表性小食。

据蔡澜先生和一干香港美食家考证，云吞面起源于广州，但是在香港发扬光大，发祥地的广州反而式微。这个观点，广州老饕多数不同意。我的意见，还是要用小笼馒头打比方，上海、苏州、无锡、常州、南京，各地的小笼皆有特色，同一根源的食物发展出不同的流派，合理之至，香港的优势在于未经历那十年的断层，饮食文化保存得较好的缘故。

而且香港整体的食物水准始终维持在一个相当高的水平。通过激烈竞争才生存至今的馆子绝对难吃不到哪里去。一些老铺，坚持了几代人，家族产业，年青一代也愿意继续做下去。这些条件，内地并不具备。

根据香港老饕们的经验，一碗合格的云吞面，应该符合以下要求：

首先，云吞包得一口一个，细细小小，拖出长长的尾巴，即所谓"金鱼尾细蓉"。除虾之外，馅料中肥瘦猪肉亦不可少。

汤色是金黄的，清澈见底，老老实实地用猪骨、大地鱼干和虾子煲出。

面以爽脆弹牙取胜。一碗传统的云吞面应有一只匙羹，面放在匙羹上，避免全部浸汤而变软，云吞放在碗底。单单考较这一点，九成以上的馆子都不合格。

能够完完全全按古法做出一碗云吞面的，屈指可数。不过这些面家的碱水味很重，是致命的，有些人来得个嗜吃，有些人唯恐避之不及，上海朋友多数吃不惯，连沈宏非老师也接受不了，我倒没什么问题。

相较而言，澳门的云吞面，碱水味没那么浓郁，吃起来温和一点。大家都觉得 OK，但我就认为个性不够强烈了。

至于有些铺子把云吞包得像拳头那么大，馅则用整颗大虾仁，名曰全虾云吞。看上去弹眼落睛，可是你去试试即知，这种冰冻过的养殖虾又干又无味，要不是偷偷加了肥猪肉在内，根本吃不下去。

单单比较面的质素，手工面和机器面的差别并没有想象中那么明显。除非你请大师傅在橱窗里一刻不停地表演竹升面的压制过程，不然，到底是手工面还是机器面，未必吃得出来。

我虽是手工面支持者，但对所谓的机器面亦不一棍子打死。大师傅偷偷懒，做出的面即刻失常，机器设定程序，压面的次数足够，又不偷工减料的话，反而更有保障。何况制面是基础，渌面更是关键，再好的面，煮个两分钟，会好吃吗？

万变不离其粽

据沈宏非老师研究，天下粽子，种类上大致可分为"京、浙、川、闽、粤"五大流派。但当今大家多数只记得嘉兴肉粽，是由"五芳斋"大力推广的缘故吧，而且将端午节的应季食物，变成一年四季，大量供应，生财之道，实在了不起。

总体上，粽子像是油条和腐乳，基本上全国皆能接受，但是流行的程度，北方逊于南方，主要还是和北面南米的饮食习惯有关。

北方粽子，以北京粽为代表。跟我们用糯米不同，北京粽以黄黍米代之，包蜜枣。粽子古称角黍，用的即是黍米，改成糯米，则是后来的事情。

有点像豆花的咸甜之争，北京老饕吃惯了甜粽，看到江浙人的肉粽，又是肥猪肉，又是酱油，就觉得稀奇古怪。

一方水土裹一方粽子，大家都认为本地的粽子最好吃，再正常不过，但是我们也并非一味是咸，寻常的豆沙粽，亦受欢迎得不得了。

四川的粽子倒没有接触过，据成都友人介绍，有种辣粽，是用板栗、绿豆滚了辣椒粉和花椒粉再去包的，想想也刺激。奇怪吗？糯米本身的个性并不强烈，和各路食材都搭配得来，所以怎么摆弄也难吃不到哪里去。爱好创意食物的友人"鱼菲"兄突发奇想地做出韩式泡菜粽，照吃不误。

愈往南的粽子愈以料多个大取胜，像闽南的烧肉粽，猪肉之外，还要下冬菇、虾米、芋头粒、栗子等等，包你吃得饱饱。所谓烧肉，名副其实是用煮熟的闽式红烧肉，和我们用酱油浸生肉的做法相比，又是一种变化。最特别的，是糯米要以卤汤和红葱头油来拌。把广东人叫做干葱的红葱头晒干切片，炸出来的葱油香喷喷的，很多闽南、潮州的食物缺少这一味，就不像样了。我对烧肉粽一向来得个喜欢，吃时更是要蘸大量的闽南甜辣酱，过瘾得很。

广东人的裹蒸粽，所用的粽叶并非我们的箬叶，而是芭蕉形的柊叶，别有一阵清香。有咸粽和灰粽之分，前者追求啖啖是肉,后者只用一味糯米,晶莹剔透,非常漂亮。也不是单纯的白粽,因为事先用草木灰水浸了一浸,带碱性,故又叫枧水粽。

浸灰汤的做法,江浙也有,今人多写成碱水粽,没有文化之极。但反过来一想,保持传统坚持用草木灰水的已少,大多加把食用碱了事,当然不能再叫枧水粽也。

咸粽和甜粽也有中间路线,潮汕人的粽子,豆沙和猪肉、咸蛋黄一起出现,试过才知出奇的好吃。这种又甜又咸的饮食文化,是当地特有的。

失传川菜

已经写过多篇文章表达对三流川菜的不满,千篇一律的水煮鱼和馋嘴蛙当道,让我们以为川菜就是麻辣那么简单。

根据我的研究,传统的川菜,至少有三分之二的菜式一点辣椒也不下,而且用料精良,工艺繁复,川菜能与鲁、粤、淮扬并列四大菜系,靠的是这些家伙,并非重油重辣的江湖菜。

可惜大多数不是失传就是接近失传的边缘,写将出来,反而被人说成改良的新菜,夏虫不能语冰,说得太对也没有了。

连保留下来的菜式也不像样。麻婆豆腐和鱼香肉丝有几个师傅做得好?宫保鸡丁最大路吧,但劣厨都是把鸡丁先过油再炒,无不违反川菜炒法一锅成菜的规矩。

肝膏汤、鸡豆花、雪花鸡淖、开水白菜、腰果鸭方……这些经典的川菜代表作，年轻的朋友多数没听过，就算你略知一二，也找不到地方怀旧。成都或许还有，不过除非有老饕带路，不然照样没方向。

上海的朋友笑而不语，他们足不出沪，即有口福。

邓华东师傅，正统川菜名门之后，手艺高超，诸多失传老菜经由他手，一一重现，精彩绝伦。最早是友人彭兄介绍给我，又通过众多老饕口口相传，当今"私人订制"几乎夜夜不停。

每桌菜从冷菜到点心，均是邓师傅操刀，外加替各位食客讲解，把他累得半死，阿弥陀佛，是我的罪过。

不必每道菜都详写，只讲川菜第一的肝膏汤好了。此菜和开水白菜一样，代表川菜的最高境界，胜在更考大师傅功力。

猪肝去筋，捶成蓉，下清汤调匀，滤出肝汁。再下蛋清、盐、胡椒粉和绍酒，猛火蒸十分钟，凝成肝膏。又将清汤烧沸，淋在肝膏上即成。

川菜的清汤，出于鲁菜而胜于鲁菜，将老母鸡一只、鸭一只、猪排骨三斤、火腿棒子骨二斤，始终保持沸而不腾，熬至火候，将食材捞出洗净，跟着用猪肉蓉和鸡蓉各扫汤一次，再把所有食材下锅，连同猪肉蓉、鸡蓉分别压成饼放在锅内，取其鲜味。邓师傅嫌现在的食材不够浓味，加至鸡两只、鸭三只，一锅汤，仅供一桌罢了。

火腿骨自带咸味，用时不必再下盐。仅下猪肉蓉，扫出的即为清汤，追加鸡蓉，就叫特级清汤了。清汤呈茶色，一点油花也没有，名副其实的清澈见底，美名曰"开水"。千万不要被这个名字唬住，认为寡淡，如果你用手指搭一点，即刻粘住，绝对不夸张。

调制清汤要费半天以上工夫，更别说肝膏的工艺了。总之要做到肝膏如豆腐，汤清似水，才算合格。

照邓师傅说，有的弟子学艺二十年，也做不出来，非要本人从头到尾，亲自出马不可。单是这道菜，已值回票价。

羊肉泡馍

如果要选出一种代表西安的食物,羊肉泡馍一定高票当选。

西安以小吃闻名,但切不可认为小吃二字,吃巧不吃饱。西安人纯朴自然,分量给得十足,一碗羊肉泡馍下肚,能抵南方人两餐。

客人一入座,先上数个馍。从前信息不发达的时代,外地游客不懂吃法,直接食之,发现硬得要命,根本吞不下去,是一个流传甚广的笑话,当今大家当然知道得先掰碎了才行。

其实这种馍只烙到八分熟,未经发酵的死面占到九成,不硬反而是怪事,所以要泡上一泡,你把它当葱油饼,自讨苦吃。

掰的过程,需要一点耐心,没有二十分钟以上工夫绝对掰不完，最后拇指和食指发酸在所难免。也不是愈细愈好，总之全凭个人口味。偷懒则可请服务员用机器代劳，但不如手掰的易入味，还是自己动手为佳。

接着由大师傅煮馍，即所谓的"泡"。羊肉泡馍的精华在于那碗香浓的羊汤，就像四川的麻婆豆腐和广州的云吞面，每家做法都不相同，各有秘诀。

煮法分单走、口汤、干泡、水围城四种，单走是羊肉单独上桌，等于苏州面中的过桥，口汤是吃完泡馍后碗中不多不少还剩一口汤，干泡则煮得较干，水围城顾名思义以宽汤取胜。

我乃羊痴，羊汤是心头大爱，百喝不厌，水围城最对我的胃口，吃时更是要下大量的辣酱和芫荽。过瘾的吃法要加上一味糖蒜，和羊肉的搭配是天下绝品。不必怕什么异味，大家一起大嚼，独臭臭不如众臭臭也。

西安老饕讲究蚕食，忌搅动，说的也是，泡馍愈搅愈发涨，变成一碗面糊就吃不下去了。

不喜羊肉的朋友可换牛肉，但我始终觉得羊肉个性强烈，是肉类之中最好吃的。要是连牛肉也不能接受，还有猪大肠炮制的葫芦头呢，不过前者由清真的回民经营，后者则属汉人小吃，绝无共存一店之理。

最负盛名的泡馍馆子是百年老店"老孙家"，接待游客为主，当地人并不经常光顾。也不能说水准如何低落，但分店太多，无法保持是一个显而易见的问题，我试后发现那碗关键的羊汤香料下得过浓，味精也不在少数。相比之下，另一家老店"同盛祥"做得较好。

老饕友人们向我推荐最多的是回民街上的"老米家"，台湾美食家高文麒兄旅居西安，尝遍当地泡馍，也认为这家排名第一。

沙茶面

蔡澜先生到厦门,当地老饕带他去试沙茶面,先生不以为然,"厦门海产丰富新鲜,拿来灼汤,当然甜美。但加上的沙茶酱,从南洋传了过去,这是近几十年才有的配方,而非闽南传统。所谓的沙茶酱,有点辣,有点香,和南洋的差远了"。

我没有蔡先生在南洋生活的经验,沙茶面倒是我欣赏的食物。当然老人家讲的没错,沙茶面在厦门兴起,确实不过几十年工夫,这段时间说长不长,说短也不短,能够流传超过三代人,证明是有生命力的。

像我那么嗜吃沙茶面的上海人不知会有多少,总之在上海没办法吃到,只好跑去厦门过过瘾。像武汉的热干面和广州的云吞面,厦门的沙茶面馆,大概有上万家之多。

又不是什么大菜,基本上水准差不到哪里去。把福建

油面渌了,加沙茶汤,铺上灼好的浇头即成,怎么分辨好坏?总结起来,经验如下:

一、沙茶酱,自炒最佳,至不济买现成货也要选老铺"陈有香"的沙茶辣。配料之中,花生酱多多益善,上等沙茶酱有股浓厚的花生香,一下子就闻出来。

二、认真煲汤底,不靠味精师傅帮忙。

三、浇头现点现灼,看到那些事先灼好一堆备用的铺子,劝你别走进去。

每个厦门人心中自有一家最好的沙茶面馆,那家"乌糖"最出名,我是满意的,但不见得所有的厦门朋友都认同。

价格较其他面馆贵了一倍,照样生意滔滔,基本上过了中午即能全部沽清,来晚的朋友请改日趁早。

愈早愈好,否则最受欢迎的那几样内脏浇头最先卖光,还是留下遗憾。

所有食材,保证当日新鲜采购,绝不冷藏,贵有贵的道理。而且大师傅白灼的手艺出神入化,已有成千上万次的训练,没有过火的可能。

选择有:瘦肉、肝连、大肠、猪脚、小肠、鸭腱、猪肝、猪腰、猪肚、猪心、鱿鱼、虾仁、大肠头、肉筋、肉羹、猪肺、海蛏、丸子、豆干、米血、鸭血和鸡蛋,价格从一块到十块不等。

听起来并不惊人,但是多几样加起来也不得了。像我贪心地把肝腰肠肚心一次性叫齐,这碗胆固醇面卖六十二大元。

味道如何?我是来得个喜欢。前夜如果宿醉,喝了他家浓郁刺激的沙茶汤,一定即刻清醒。有人认为汤头偏甜,也许是事实吧,但是我等上海人,还怕不甜呢。

扁食、拌面和虾面

扁食者,馄饨也。

古语的叫法,当今只有福建沿用。搞不清楚也没关系,上海人走进扁食铺一看,小馄饨嘛。

看起来像,吃进口好像有点差别,问题出在哪里?我们的馄饨馅,照理应该靠两把菜刀剁出来,但是当今绞肉机横行的年代,变成烂乎乎的一摊肉糜。人家的扁食又叫扁肉,还是照传统,名副其实用条大棒把肉砸扁,两相比较,你说哪一种好吃?

小小一碗东西,吃巧不吃饱。不管厦门人还是上海人,都喜欢搭配拌面,一干一湿,配合得天衣无缝。所不同的,我们用细面和葱油,厦门师傅,喜欢扁面、花生酱和甜辣酱。

说来简单,但是用哪一家的酱料,比例多少,各有秘诀。就像扁食馅和汤的配方，一点点细微的变化，口感即分上下。

每个厦门人都有自己中意的扁食店吧，有些隐藏在小巷深处的铺子，连招牌也没有，只卖扁食和拌面两种食物，分大份和小份，仅此而已。

亦有店家开动脑筋，把汤骨上的碎肉削下，加上猪肝，品种一下子增加。扁食和拌面之外，还有削骨肉汤、猪肝汤、扁食面、削骨肉面、猪肝面、拌削骨肉和拌猪肝等等的排列组合呢。

扁食和拌面短时间内绝对不会消亡，另有一种虾面，当今做的人愈来愈少，有水准的更是罕见，也许再过几十年就失传了。大家问我厦门最值得推荐的食物，我总是遥指虾面。

做法繁复是致命伤。功夫全在汤上，到市场买入大量本港的小沙芦虾，又称狗虾。虾仁剥出，虾头与虾壳拿来滚汤，熬到有一层红色的虾油浮现，下冰糖和猪骨再熬，即成。

说得容易，几个钟头的慢工细活，一碗面卖几块钱，利润微薄，难怪没人愿意坚持。

吃时下点虾仁、油葱酥、芫荽和大量的蒜蓉,面只是一两口的分量,吃巧不吃饱。

做得最久的那家"新厦",已开了数十年,和新中国同龄。当年的老师傅林文乐立下规矩,只卖虾面,别的恕不供应。现在的老板是林老师傅的女婿,一个人身兼数职,又当伙计又煮面,每天只熬三锅汤,卖完即止,想吃的话一定要趁早。

店面破旧,又难找,不是当地人分不清东南西北,我第一次来时亦四处探寻,后来闻到一股浓香的虾汤味,才没白跑一趟。

厦门的大排档

厦门有一干活跃的老饕,与我相熟,我去厦门,请他们带路,吃到的皆非游客食物。其中,凌尒尒小姐对小吃最有研究,"海鲜大叔"陈葆谦兄是名副其实的海鲜活字典,没有他不认识的品种,但说起大排档,首推的还是食评专家"牯岭街少年"王颖辉兄。

"早期的大排档以露天经营为主。"王兄说起厦门的排档文化,有讲不完的经验,"或者路边摆几把桌椅,或者公园的榕树下支张凳子,或者直接跑上房顶的露台。环境当然简陋,但空气清新,气氛自由,也不错。室内的排档,是后来才有的。"

"店名按照闽南人相互之间称呼的习惯,通常有个'阿'字,再加上店主的名字。"王兄补充,"还有用'亚'代替'阿'的,变音罢了,像最出名的'亚珠大酒楼'

即是。"

吃排档,饮啤酒,天经地义,所以招牌上多数画着几瓶啤酒,客人一看,就知道来这家喝什么牌子的啤酒了。

厦门的排档文化根深蒂固,大家吃完一家觉得不过瘾,再换一家继续大吃大喝,称为"续摊"。有时续一次还嫌不够,整晚续个三五摊,畅饮至天明,也是家常便饭。

菜式方面,血蚶、苦螺、鳗鱼、贝类必不可少,炸五香也有供应,把鸭和猪的内脏猛火炒之,更是送酒恩物。

特别的食材不是没有,看大家敢不敢碰了。像王兄带我去的那家,进门即见水缸里游着数条圆鼓鼓的家伙,王兄介绍,"我们的闽南话,叫鬼子鱼。"

就像江浙用什么"江中第一鲜"来隐晦一样,我当然认出是大名鼎鼎的河豚。但是江浙的河豚,学名暗纹东方鲀,属于江鲜,今天看到的黄鳍东方鲀,生活在海里。

河豚的毒素来自微生物,养殖货没这个问题,毒性降至最低,吃不死人,但是也需要专门的大师傅才行,排挡摊,到底安不安全?

王兄见怪不怪地说,"这家店开了十多年,从来没出过事。"

说的也是，要是吃出毛病，早就关张，轮不到我倒霉。

其实黄鳍河豚算是微毒品种，把鱼头、内脏、鱼皮一并弃之，单吃鱼肉的话，大可放一百二十个心。

做法简简单单，鱼肉斩件，下大量姜丝和米酒，滚几分钟即成。那种鲜甜的程度，再饱再醉也能刺激味蕾，拼死吃河豚，是有道理的。

香港西式茶餐

我一向主张,了解某个地方的文化,最好从饮食方面入手。你一旦喜欢上人家的食物,自然会对他们的历史、人文等等产生兴趣。

三餐之中,早餐最市井,变化也最丰富。旅行的时候,来一顿或者几顿当地人式的早餐,为什么要在酒店千篇一律的自助餐里浪费光阴呢?

比如去香港,选择可就多了。最热门的当然是广东饮茶,要不就是简简单单的粉或粥。想来碗云吞面?对不起,这是他们的宵夜,早餐恕不供应。

较典型的还有西式餐,是英国统治时的影响吧。有点像上海人的海派西菜,不是中餐路数,但在西方也绝对找不到,我自说自话地称其为香港西式茶餐。

最奇怪的是一味火腿通心粉,说它奇怪,是从我这个外来客的角度，港人早就习以为常。把意大利的通心粉放在广式的面汤里上桌，撒几根西洋火腿丝。不中不洋，是全世界仅有的。一试，谈不上多美味，但也绝不难以下咽，上班族照样吃得津津有味。

正常一点的则有牛油方包和蛋，后者分煎和炒两种。大部分人都喜欢炒的，因为香港师傅的发明，要下大量的忌廉，奶味十足，几家名店，大师傅炒蛋的手法高超，一下子显出不凡。

最后来杯咖啡或茶，通常加牛奶，这时就能看出餐厅的质素了，以本伤人，用上等牛奶的，一定受欢迎。

通常，你看到"××牛奶公司"的招牌，即是所谓香港西式茶餐厅，出名的有"澳牛"和"义顺"。"澳牛"是"澳洲牛奶公司"的简称，顾名思义，他家用的是澳洲奶，品质上有保证。

生意太好，侍者忙得飞将起来。游客入座，一下子搞不清叫些什么，即刻给你脸色看。

没得选，不是早餐就是茶餐，多看两眼菜单，又是一阵猛催。最好事前想好叫什么，不然先吃几个白眼再说吧。

这还是当今经济不乐观的形势下，服务提升之后的表现。从前更厉害，香港人把他家的待客之道总结成六个字："把客人当乞丐"，有些老饕来得个怀念呢。

叫了单，通心粉十秒内即送来，接着所有食物一起上，逼着你一口气吃完，你要是像在茶楼那样，定定心心地看看马经，大概会被侍者扔出去。

好在食物是可口的，基本分满足，没什么好诟病的。

想想也是，香港的生活节奏那么快，上班族分分钟赶时间，你笃悠悠地吃吃喝喝，侍者不骂你，等位的客人也要骂你，理所当然。

晚一点光顾好了，你是游客，跟上班族抢什么？

火锅天下（一）

天冷，最佳的御寒办法是来一餐火锅。天热，反其道行之，追求刺激，也可以来一餐火锅。

我常打趣，按照时下中国餐饮界不思进取的态度，我们的饮食文化一定会退化又退化，最后能保留下来的，大概只有火锅吧。

火锅本身矛盾之极，简直让人爱恨交加。一方面，热腾腾的火锅，吃起来其乐融融，甚有生活气息；但是另一方面，火锅只是将食材由生变成熟，缺乏烹饪技巧，也是事实。

在四川麻辣火锅还没那么流行的年代，大家最先接触的是北京人爱吃的涮羊肉。用一口铜锅，内胆烧炭，汤底只用清水，最多下点大葱和海米，主要是为了品尝羊肉的本味。所以羊肉的选择至为关键，必须是新鲜切出的所谓热气羊肉,肥瘦的比例以五五为佳,全肥的羊尾亦没问题。我涮羊肉时非搭配糖蒜不可,别的肉能不下则不下,不然即嫌串味,吃完羊肉后再烫一些菠菜和粉丝,即告完美。

北京人对羊肉的要求甚严,像什么磨档、黄瓜条,分门别类,老饕各有所好,上海人就绝对搞不清楚。这一点,和潮州人用来打边炉的牛肉十分接近。

庖丁解牛,花样之多,没有高明过潮州人的。他们对牛肉的分割,根本不是常规的里脊、肋排那一套,而且用词也独辟蹊径,比如吊龙伴、脖仁、匙柄、五花趾、三花趾、匙仁、胸口膀等等,五花八门。有些特别的部位,老板藏得好好的,不是熟客还不卖给你呢。

公认最精彩的脖仁,是牛颈上的那块活肉,确实美味,亦常常让我想起"我不杀伯仁,伯仁却因我而死"那个老掉牙的典故。

未必是本地牛,当今大多是在云贵养的,运到潮汕罢了。把牛宰杀,不经西方排酸和熟成的过程,即刻有人驾驶摩托,一路飞驰送至店里,只求一个快字。

不是所有部位的牛肉皆可涮,像腿肉粗生,就要再加工,打成著名的牛肉丸,当然最后殊途同归,亦是下到打边炉里。

汤底,必不可少的是芹菜和萝卜,其实把萝卜换成苦瓜,味道更显错综复杂,你试过即知。

蘸料也不宜太过复杂,沙茶酱或者普宁豆酱足矣。如果是邻居广州和香港一派的打边炉,就要来一碟浸过指天椒的酱油。

不过但凡打上"港式"招牌的,皆走高档路线。把什么贵价海鲜都拿出来,一买单,几千大元,已经算不上平民食物了。

火锅天下(二)

大家最为熟悉的麻辣火锅,其实是重庆人的发明。滚烫的牛油锅里布满辣椒和花椒,刺激无比,赤膊大汉据案而坐,什么内脏都丢进去涮,吓死人不偿命。

传到成都,就发生变化。重庆以前码头工人多的缘故,吃东西求下饭,自然又油又辣,下起味精更是决不手软。成都历来富裕,有钱的地方,格外讲究吃。同样的火锅,重庆是麻辣,成都那一派则以香辣著称,主要是香,辣尚在其次,辣椒、花椒和牛油之外,还要用高汤打底,这是重庆火锅所不具备的。

但是仅限成都,离开四川,火锅也变了味。叫人毛骨悚然的是牛油成本高,有些不良商家用石蜡代替,反正又麻又辣,你吃不出来,更别提地沟油的事情了。

本来中国的高档筵席,也有火锅的一片天地,可惜当今失传，只能在老菜谱中寻找端倪。比如有一套菊花火锅，做法如下：

先将鱼肉、鸡肫、猪腰、鸡肉片薄片，撒盐、绍酒、酱油和姜末，称为"四生片"。再将油炸粉条和馓子掰断，油炸花生米去衣，油条切段，称为"四油酥"。跟着是白菜心、豌豆苗、菠菜心和香菜的"四鲜菜"，以去蕊的鲜白菊点缀。汤底用上等清汤，下鱼骨略熬，称为"鱼羹汤"。吃时配姜末、葱花、胡椒粉、味精和盐。

每种食材，一人一口的分量，吃巧不吃饱，而且一点麻辣也不下，精巧得不得了，完全改观火锅不登大雅之堂的印象。

这种文化，在日本还有保留。他们吃河豚、螃蟹或者牛肉的高级会席，有时即以火锅收尾。日本火锅，称作Shabushabu，传统上是用一大块昆布（海带）加入清水后滚汤，考究起来额外再加木鱼花（鲣鱼碎），混合昆布的甜味和鲣鱼的香味。

有些Shabushabu的专营店近来发展出咖喱汁、麻辣汁等种种变化，但是仅限低等级的肉类，登不上大雅之堂。这条规矩，绝对没有例外。

好像离开亚洲，仅有瑞士的芝士火锅算是接近，不过人家只是烫面包罢了，我的概念中，要把鸡鸭鱼肉和蔬菜都扔进去才像火锅嘛。

亚洲也不是每个国家都有火锅的。那条著名的笑话说，印度人自豪地认为用手抓是世界上最正确的吃饭方式，什么食物都没问题，中国人笑嘻嘻地回答："我请你吃火锅吧。"

我遇见最豪华的一餐火锅是在海南岛的渔排上，船老大架起一口大锅，把当日现捕的虾、蟹、鱼、螺都拿了出来，精彩无比的是用鱼汁喂养的土猪肉，试过毕生难忘。

料理东瀛

享宴,是一种生活态度

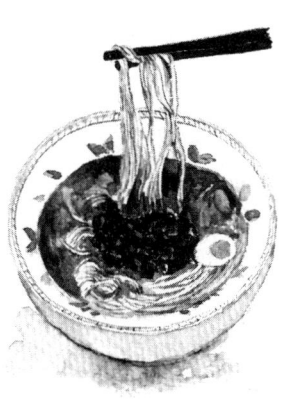

怀石料理

说起怀石料理,大家的第一感觉是贵,接着会问:"吃得饱吗?"

如果研究怀石料理的起源,你就会发现,能不能吃饱这个问题其实没什么意义。所谓"怀石",原来是指佛教僧人坐禅,饥寒交迫,要把石头烧热揣在怀中才能抵抗。后来引入茶道,一汁三菜,让客人送送茶罢了。

既然是茶点,当然吃巧不吃饱,即使流传至今,变成最高档的日本筵席,还是把只求精致,不以量取胜的传统保留下来,大家担心吃不饱不是没有道理。

蔡澜先生的评价是,怀石料理的精神也不是给客人吃饱的,但是道数之多,绝对吃不完。

到底有多少道呢?一套完整的怀石料理包括:开胃小菜的先付和八寸、鱼生的向付、煮蔬菜或者鱼肉的炊合、汤或茶碗蒸的盖物、烤鱼的烧物、醋腌菜的醋肴、冰镇的冷钵、酸汤的中千代口、主菜的强肴，跟着是米饭的御饭、酱菜的香物、味噌汁的止碗，最后是甜点的水物。

较有意思的是中千代口，日文发音 Naka-choko，写成汉字应为"中猪口"，大家觉得实在不雅，当今都改成音近的"中千代口"了。

一般来说，米饭任添，你是大胃王的话，尽管多来几碗饭，没有饿肚子的可能性。

我对怀石料理也是负面印象居多，但和吃得饱吃不饱没有关系，主要是给渐渐流行的新派怀石搞坏的。什么叫新派？他们首先号称食材的全球化，打破地域性和季节性，烹饪技术则受分子料理的毒害甚深，摆盘更是拼命拗造型。唉，这种东西，我连动筷的兴趣都没有，别说吃饱了。

要知道怀石料理的精神，在于"不时不食"，而且主张只用日本本土的食材。你把什么乱七八糟的东西都堆在一起，甚至连不上高级料理桌面的三文鱼也拿了出来，那些日本老师傅看到，会气得昏过去。

蔬菜最具季节性，像春天的笋和秋天的松茸，都是怀石料理的常见套路，别出心裁一点，更是会用到蕗、蓼、独活之类的山珍。但新派师傅就喜欢用黑白松露了，问题是日本人对松露的理解永远及不上法国人那么深，我们为什么不去吃法餐呢？

摆盘要求简单古朴，一目了然，却处处透出禅意。怀石料理除了用最好的食材外，还讲究用最好的器具，动不动价值数十万日元，比餐费本身高得多。

食器也许还能从日本购入，但是食材的难题万难解决。有些东西，本土尚供不应求，哪有出口的余量？所以有人说离开日本，即无真正的怀石料理，再对也没有了。

日本料理的最高境界(一)

天婆罗(天ぷら),通常写作天妇罗或天麸罗,即使是刚刚接触日本料理的朋友,也多数知道它了。

日本的国食,代表日本料理的最高境界,这句话我当今亦常挂在口中,但是相信大家和我一样,对天婆罗的第一印象实在不佳。

无非是把食材裹了面糊,再去炸熟罢了,有什么稀奇?三流的天婆罗,确实如此。首先,原材料十分劣质,是冻了又冻的末等货,加之面糊很厚,炸的水准又低,入嘴满口是充满油的肥皮。干脆把皮咬掉只吃内容,还是硬邦邦的,不敢领教。

自助式的日料店,这一类的天婆罗最普遍,高级店收你多一点钱,也不见得出色到哪里去。几次不愉快的经验下来,从此把天婆罗打入冷宫。

但是，凡事皆有但是，如果你试过最高明的天婆罗，即会收回成见。好坏之间，天壤之别，当然价钱亦是，前者盛惠两三万日币，后者一千，吃饱算数。

其实，那种厚皮天婆罗，倒是这种食物诞生时的样子。那时物资缺乏，故要把外皮做厚，以求饱腹，而且用油更是多多益善，德川家康就是吞咽天婆罗过急，活活噎死的。

历史上，天婆罗的做法，是五百年前由葡萄牙教士传入日本，Tenpura的发音，源自葡萄牙语的"寺院"。所以天婆罗的诸多其他写法，皆为后人附会，只有婆罗是佛语，暗合起源。

日本人的民族性中有极端的精神，他们把天婆罗研究又研究，结果愈做愈精，平民食物，最终登堂入室。

当下天婆罗的宗师，公认是东京的早乙女哲哉，老先生20岁时已是名店的料理长，29岁自立门户，钻研炸功数十年，他的地位，等同于寿司界的小野二郎和料理鳗鱼的金本兼次郎，是日本国宝级别的人物。

早乙女先生思想开明，他亲自下场的"是山居"，助手是我的中国友人张雪威兄，我常向他讨教天婆罗方面的知识。

张兄告诉我，炸是烤和蒸的组合程序。食材表面的水分，一下热油锅，即刻开始脱水，外表水分去尽，就进入烤的状态。食材内部的水分遇热蒸发，等于是蒸。

两者结合，利用油水不相溶的特点，食材的原味非但保持住，同时因为多余的水分全部脱去，变得更浓。这段话，以科学理论解释天婆罗的原理，早乙女先生在1983年即已正式发表，那时的他，就不仅仅是个厨师了。

日本料理的最高境界(二)

最上等的天婆罗,食材是首要的,完全遵循"不时不食"的原则,比如春季的白鱼、夏季的鲇、秋季的松茸、冬季的河豚白子,当季时再贵亦供应,一过季即从菜单上拿下。产地和规格都有严格要求,有一些特别苛刻的材料,像虾和银宝鱼,就非用东京湾的野生货不可。

蔬菜亦是,只选符合时令的,一年四季皆有的辣椒、香菇和地瓜也挑最好的给你。

面糊调得对不对路是另一关键点。千万别小看面糊的作用,目的是确保将食材中多余的水分蒸发,但又不至于弄得太生或者太熟,总之食材的本味一定得留下。

这个过程,最怕面筋的产生。所谓面筋,是面粉中的植物性蛋白,中国人拿来做素菜,对于天婆罗却是致命的。

面筋的存在,会提高食材的脱水难度,反过来又很容易吸油，那层外皮变得很厚，与食材之间没有整体的感觉。我们觉得天婆罗不好吃，毛病多数出在此环节。

即使用最低筋的面粉，只要经过搅拌，面筋问题不可避免。唯一的办法加入鸡蛋和冷却过的水，请注意，冷却和冷冻，一字之差，但冰水不行就是不行。先让清水打漩，再淋入面粉，借势溶解。

调好的面糊摆在那里，自然沉淀，愈底下的愈厚，搅拌又不被允许，怎么办？原来经验丰富的师傅下手有轻重，挂多少面糊上去，早形成一本账在他的脑里。

超市里卖的天婆罗粉，也是忌讳之一。这种粉，对食物的可塑性很低，家用可也，但绝对不适合专业料理。

炸天婆罗，一般以芝麻油为主，搭配红花油或者棉籽油，也有单用芝麻油的。每一种油，按照压榨方式及精制程度的不同，油炸时的力量也不同。大师傅根据自己的理念搭配用油，厨艺有高低，油无优劣之分。

蘸汁，依照惯例是酱油汤和萝卜泥。酱油汤要用高汤打底，并非酱油加开水那么简单，萝卜泥空口吃也甜，不是什么品种都能上桌。

吃高级寿司时不能把山葵和酱油搅个一塌糊涂，不然美感尽失。天婆罗的道理一样，雪白的萝卜泥立在酱油汤中，犹如冰山，你在大师傅面前来上一手，会得到微笑的嘉奖。

公认当今天婆罗第一人的早乙女哲哉，他的"是山居"，一共九个座位，每天做四轮，连菜带酒至少收两万日币。贵吗？我觉得一分价钱一分货，物有所值。蔡澜先生说："吃天婆罗，已非价钱问题，主要的是去找资深的师傅，你所付出的，是购买他们的艺术。"你要知道，日本的天婆罗师傅，还有资深过早乙女的吗？

烧 鸟

烧鸟,是日文的说法。日语中鸡的发音是 Niwatori,写成汉字的话又作"庭鸟",简写成"鸟",我们中国人见了,以为是骂人,觉得不太雅观。

烧即是烤,但不像我们是用整只鸡去烤,日本人的烤鸡,其实是烤鸡串。按照标准的定义,所谓烧鸟,是将鸡肉切成一口一块的大小,每一串插上一至五块,明火烤后再调味的日本料理。

古已有之,但一向只是街头小食,通常小贩推了车,在神社前卖给参拜的客人,或者半夜三更,供应不归的酒鬼。

鸡肉在日本卖得低贱,在所有的肉类中是最便宜的。战后那段恢复经济的日子,忽然一下子,从东京开始,小贩纷纷登堂入室,开起烧鸟铺来。当今的日本料理,烧鸟也是一支主力部队了,你看到街头挂着"鸟×"字招牌的,即是。我们中国人又认为不雅,还好没一家叫"鸟人"的。

我常说,日本人性格中的极端精神,如果用在饮食的研究方面,是相当值得推许的事。简简单单的烤鸡串,被他们研究又研究,确实发生变化。

当然你得做好心理准备支付不菲的价钱,一家像样的烧鸟铺,一餐下来,连菜带酒,少说收你七八千,要想吃个过瘾,一万日币也未必足够。

点菜时则有一套专业术语,最好牢牢记住,不然只好点套餐算数,不一定能吃到最喜欢的部位。

首先是正肉,专指腿肉和胸肉;セセリ或きりん,是鸡颈周围的那一圈;ささみ是鸡胸附近脂肪最少的竹叶;手羽显而易见就是鸡翅膀了。ねぎま是一块肉一条葱间隔串着,葱比鸡肉更香。

ボンジリ或三角是指鸡屁股,有些老饕来得个嗜吃。シロ则是单独的鸡皮。

鸡心ハツ、沙囊ずり、鸡肝レバー、鸡脾まめ,充满胆固醇的五脏六腑都拿来烤。还有一种白レバー,是像鹅肝一样特地养出来的肥鸡肝。

再偏门一点,有没成熟的鸡蛋きんかん、鸡冠トサカ、血管カン、横膈膜はらみ和食管さえずり,看你敢不敢吃了。

大家都知道日本三大名鸡是东京军鸡、秋田比内鸡和名古屋小鸡,事实上日本著名的鸡种有六十多个,哪一种鸡的哪一个部位最好吃,每家店的见解都不同,好在他们会清清楚楚地写在菜单上供你选择。

像鸡皮就要烤得老一点,有些部位还是半生的状态最美味。

酱汁亦有轻有重,白烤的仅下山葵和盐,口味上没那么单调。

奇怪的是,烧鸟店多数卖京都产的鸭,叫カモ,与其说是鸭,倒和雁接近,日本人并不常吃,却是烧鸟店的名菜。

剩下这么多鸡骨,只有熬汤一条路。大部分客人的主要目的是喝酒,总是需要鸡汤暖暖胃。

烧鸟吃巧不吃饱,最后非来碗饭不可,否则包你半夜起身泡方便面。亲身经历,相信我。

博多煮

九州的地方料理中,牛肠锅胆固醇高,不是每个人都能接受,拉面之外,较受游客欢迎的,应该是鸡汤锅吧。

意译的成分居多,从日语字面"水炊き"直译过来,就是水煮,一点也不诱人。

并非九州特有的食物,在关西地区亦很流行,当今差不多全日本都吃得到了。不过九州人始终认为鸡汤锅发源于福冈的博多,所以别名"博多煮",我较喜欢这个名字。

从九州传到关西,隔了海,食材上发生一点变化,主要还是蔬菜,九州喜欢用卷心菜,关西则用白菜和大葱,但是也有弃鸡肉改用猪肉的。

既然叫水煮,说明最初真的是只用清水来煮鸡,后来才改良,发明出鸡汤打底的办法。

吃法即是烫火锅,上桌的汤锅里已有一些鸡肉,先用小杯盛了鸡汤饮之,再下鸡腿、鸡肝、鸡心、鸡肉丸和蔬菜,吃时点橙醋。

别的火锅,会在橙醋中加葱花和萝卜泥,但博多煮的规矩是下柚子胡椒,酸中带辣,鸡味不够,也能补救。所谓胡椒,是青辣椒的别称,并非真正的胡椒。

把这些一一吃完,最后倒一碗面或者一碗饭下去,所有的日式火锅,皆用此法收尾。

特别的是吃面或粥时会送一碟明太子拌腌高菜。韩剧大热,大家都知道明太子是鳕鱼卵,高菜比较冷门,有点像我们的雪里蕻。别小看这味小菜,好吃和难吃之间,隔了十八层楼。

总之还是平民化的食物,贵不到哪里去。一般的套餐,三千日币不到,已吃得不错。价格往上,无非是切几片鱼生给你,但是光顾这类店铺,吃鱼生干什么?

也别指望天下美味。日本人没有炖老母鸡汤的传统,自然看不到我们习惯的那层黄油。至于鸡,最高级的,也只是散养的饲料鸡罢了。

推荐不出什么必去的博多煮店,硬要介绍一家的话,我会建议大家去"华味鸟"。

是家很大规模的连锁店,本身有农场,食材的来源稳定。养的鸡多,拿来直接吃的部位有限,剩下的部分,就用来煲汤底。他家的汤,味精味道不重,而且有胶质,我猜是把所有的鸡脚都废物利用的缘故。

这家格外精彩的是奉送的高菜,买回去当手信的特别多,说实话,比鸡汤更好。我已说过高菜的好坏,差距有十八层楼,"华味鸟"的水准,算是高层建筑。

冲绳之味（一）

冲绳对于日本，地位尴尬。抛开政治因素不谈，地理上，距离最近的九州也有千余公里，本土的日本人去冲绳，感觉和出国也差不多。以至于我向专跑美食线的日本记者友人森麻衣佳打听冲绳的馆子，小姐两手一摊，表示爱莫能助。

只好自己想办法。资料不是没有，我参加过冲绳旅游局在上海举办的推介会，当今中国经济发达，为了吸引我们前往，当然把什么好东西都拿出来。一一试之，已有初步的印象。

经我实地考察，又获得更深一层的经验，记录下来，和大家分享。

首先从著名的泡盛酒开始吧。所谓泡盛，日文写作あわもり（Awamori），顾名思义，发酵时产生大量气泡的缘故。

另一种说法是从前使用未加工的粟米,"粟"与"泡"的日语发音相同,听起来也有道理。

总之是烧酒的一种,通过蒸馏的过程产生。但和日本本土的烧酒不同,泡盛是用泰国米做的,而且酒曲方面也有区别。

度数较普通烧酒来得高,最低的也有25度,像宗教仪式上用的花酒,有60度之高,可以就这么点燃,烧将起来。

也有愈久愈佳的讲究,存到三年以上的,就叫古酒。大多数售卖品,都是用一半古酒一半新酒调出来的。现存最老的泡盛,有一百四十年历史。

一向不属于贵货,但是日本人对于品牌打造有几把刷子,经过他们的努力,名厂"舞富名"的花酒,已经卖到上万日元一支了。

喝法方面,直接饮之是一种,问题是度数对日本人来说高了一点,故要加大量的水和冰,这么一来,又淡出个鸟来。

要不作为配料,加入各种果汁,调成鸡尾酒,倒是可口的。不过这些花花绿绿的东西,还是让女孩子喝吧。

特别的用处是炮制冲绳东坡肉ラフテー(Rafutē),做法和我们的东坡肉简直一模一样,无非把绍酒换成泡盛罢了。

说起猪肉,冲绳的アグー(Agū)黑毛猪不可不试。这种猪到底是由古中国传来还是古琉球的自有品种,众说纷纭,且不去管它,品质则是一流的。

首先是有阵天然的猪肉味,又够肥,但是胆固醇的含量只有外来猪的四分之一,大吃特吃也没关系,是肉食者的恩物。

冲绳人对アグー猪控制得很严,能够打上"アグー"商标的猪,至少有50%的纯种血统,所以价格可观,要用日式打边炉しゃぶしゃぶ(Shabushabu)的方式入口才显得尊重。

冲绳之味（二）

猪肉在冲绳是最受欢迎的食物之一，像他们赖以自豪的冲绳そば（Soba），就非用东坡肉当浇头不可。大家知道，そば应该是荞麦面，但是冲绳そば完全使用面粉，又是当地特有的。

好吃吗？面僵硬，汤不如拉面来得浓郁，冲绳人视作天下美味，我觉得普普通通，如果不是有肥肉上滴下的猪油拯救，实在吃不下去。

还是吃肉来得过瘾，东坡肉之外，还有东坡软骨ソーキ（Sōki）。冲绳人对猪肉真是爱得交关，连猪耳ミミガー（Mimigā）、猪头肉チラガー（Chiragā）、猪下水イリチー（Irichī）和猪蹄テビチ（Tebichī），这些本土的日本人碰也不敢碰的部位，照样吃得不亦乐乎。

剩下的肉片，一般日本料理中下点姜烧一烧，冲绳师傅高明得多,用苦瓜来炒,完全是中国菜的路数。

说起来冲绳离台湾很近,他们的饮食文化,受中国的影响很深,像吃苦瓜的习惯,日本本岛就没有。

苦瓜的日文写作ニガウリ(Nigauri),但是在冲绳称之为ゴーヤー(Gōyā),渐渐地,连本土也这么叫。冲绳人对苦瓜的热爱,不输给中国南方,大概是气候湿热,需要清火的原因。

当地的苦瓜,不必经历飞水的过程,就这么吃也不觉太苦,回味更是带甘,是很好的品种。沙拉、冷豆腐都可以用苦瓜点缀,把苦瓜、豆腐和蛋液兜几兜,即成苦瓜杂炒,是冲绳最流行的菜式。

炒猪肉或者猪肚皆常见,但是我们的苦瓜炒牛肉,他们就做不出来。像猪肉一样,牛肉亦是冲绳特产之一,最高级的品种叫做石垣牛。

通常认为神户牛肉最好,其实石垣牛并不逊色,两者均属黑毛和牛,种群是一致的。

冲绳农业协会规定的石垣牛标准如下,缺一不可:

一、具有八重山郡(含石垣市)的出生证明及登记书。

二、出生后在八重山郡养 20 个月以上。

三、必须是纯种的黑毛和牛,包括母牛和割了一刀的公牛。

四、太监公牛的年龄在24～35个月,母牛则是24～40个月。

也分成1～5的等级,4级和5级的油多,称为"特选",2～3级的称为"铭产"。

烧烤的吃法最常见,要生要熟自己掌握,再好不过。懒得动手,选择铁板烧好了,但请记得你付的账单中有大师傅扔几下胡椒瓶、放两把火的表演成分在内。

冲绳之味（三）

冲绳物价低廉，就算是本地牛，一客牛排卖四千多日币，价格很平，加到六千大元，就能任食，或者多加一尾龙虾一起烧。

事实上龙虾并不稀奇，冲绳海域有一种蝉虾（Semiebi），又称海知了，厦门人叫虾蛄排，肉质较龙虾更甜美，价钱也贵得多。

那霸市的牧志第一公设市场内，这种蝉虾卖到一万多日币一只，合人民币八百多，偶尔奢侈，还是承受得起。

牧志市场的特色在于，可以在一楼的海产档买了各式海鲜，走到二楼请那些小馆子帮忙料理，收你一点加工费。

蝉虾切刺身，头尾拿去滚味噌汤，香甜之极，别处吃不到。便宜一点的有伊势车虾，对虾的一种，个头巨大，五百日币一只，拿来盐烤。此虾肉粗，没什么吃头，好在啖啖是肉，送酒可也。

夜光贝的壳带珍珠色，并非真的会发光。柔软的贝肉部分也切刺身，较硬的胆用蒜蓉和豆豉炒，当然谈不上有多好吃，跟象拔蚌更是没法比，增加一次新鲜的体验罢了。

有金枪鱼的话不妨叫之，本地产的马苏金枪鱼，台湾人叫南方黑鲔，简称南鲔，虽然不如蓝鳍金枪鱼高级，但还是吃得过的，又价廉，何乐不为？

至于冲绳的县鱼乌尾冬仔グルクン（Gurukun），一般干炸，留下不深刻的印象，搞不懂他们为什么喜欢。

买得一多，摊主高兴，即刻奉送大把海葡萄给你。学名长茎葡萄蕨藻，一颗颗的球状小茎，吃起来味道和口感都很接近鱼子酱。那些新派的素菜馆子研究仿荤菜，为什么想不到使用海葡萄呢？

另一种海草モズク（Mozuku），汉字写作海云或水云，细如发丝，是名副其实的健康食物，据说冲绳人大量食用，所以长寿。传统的吃法是用醋和糖来渍，酸酸甜甜，滑溜溜的，相当古怪，做成酱倒是送粥的恩物。

正常一点的青海苔，做汤非常鲜美，我想大家都会接受。

担心语言问题？不必多虑，牧志市场中大多数馆子是台湾人开的，再不济也有几个中国籍的服务生。不知道怎么买海鲜，可以请他们陪同。

市场外即是著名的国际通，很方便就能买到手信。如果你去名护市的水族馆，建议顺道在58号公路的许田驿站逗留，土特产众多是一方面，冲绳各个景点的门票，这里的打折最厉害。

佐贺牛

我们提起日本牛肉，总以为神户的排第一，事实上就像金华火腿出自东阳一样，神户只是兵库县周边乡下养牛户的经销中心，本身不产牛。冷门一点的佐贺牛名气没那么大，但肉质方面亦逊色不到哪里去。

佐贺在九州，福冈西侧，当今春秋航空开辟新航线，这种小地方，本来没人去，现在也能直飞了。

日本人的等级观念森严，对于牛肉，也专门搞了一个日本食肉格付协会，所谓格付，就是定级的意思。各地牛肉皆有自己的标准，佐贺牛的如下：

一、黑毛和种。

二、由佐贺境内农家饲养。

三、肉质等级在4级以上，BMS则在7级以上。

肉质等级和BMS，都是这个格付协会研究出来的级别，其他还有成品等级、BES、BCS等等,但用得最多的还是成品等级加上肉质等级的组合,前者分ABC,后者由1至5,我们常听说A5的牛肉最高级,就是这么来的。

BMS是牛脂肪交杂基准的简称,分12级。肉质等级愈高,BMS也愈高。肉质等级4级的牛肉,BMS最少也有5级,最高可到7级,肉质等级5级的话,BMS非在8级以上不可。

这套标准,有些靠人工判断,可松可紧,佐贺牛执行得较严格,排全日本第二,排名第一的,是东京边上的仙台牛。

佐贺人把自家的牛肉标准弄得那么苛刻,我猜是自尊心作祟的缘故。佐贺牛的历史,只是三十年罢了。1984年立野主干创建的品牌,最初引进的,是兵库县但马牛的血统。

佐贺牛之外,另有佐贺和牛,一字之差,等级上差了数档。大家叫菜时,可别搞错。

吃牛肉,其他人家无非是烤或铁板,再就是涮火锅和做寿喜烧,佐贺人独辟蹊径地想出蒸的办法,是很有意思的发明。

用一个铁盘装满水,在电炉上烧将起来。上面摆一个大木盒,铺满蔬菜,先蒸至半熟,再将牛肉盖在菜上,肉汁和牛油滴下,当然是菜比肉更好吃。

最高级的A5佐贺牛,一客卖八千日币,只有四大片薄切。看起来不够吃,实际上脂肪太多,肥得像肥皂,两块下肚,已把人吃腻了。

我一向认为,没必要把日本牛肉抬得过高,当成神话更是走火入魔。那些喂啤酒、听音乐、做按摩的故事早已证明是噱头,平时还不是大家一起啃饲料?至于A5、A4的等级,说到底,是看脂肪的多少,你够肥,等级就高,没别的花头。

日本牛的致命伤,是日本人追求细腻过了头,入口即化确实没错,但是也没什么牛味剩下,这一方面,是美国牛和澳洲牛占了上风。

我只是讲几句中肯意见,倒不是拆日本牛的台,日本牛痴听了会骂我,也没办法。

九州拉面

在微博上问大家,九州有什么食物推荐?大部分回答,都只是拉面二字。确切一点的,直指名店"一风堂"。

当然大家说的都对,但是九州拉面还没有好到非吃不可的地步。

所谓的拉面热,完全是日本人炒作的结果。最初的雏形,只是路边摊的酱油面罢了,恰好切中了日本人民族性中凡事善于做到极致,甚至走火入魔的要害,结果短短几十年间,把这种平民食物改良又改良,再加上变本加厉地宣传又宣传,终于给他们打造成国际化的代表性食物。

我还是那句话,当成一样普普通通的东西对待好了。期望值愈高,失望的可能性就愈大,把拉面看作神物来膜拜,脑子坏掉的日本人才干得出来。

最大的毛病是单调。我们的苏州面,变出一百种浇头也不是问题，日本拉面，叉烧和紫菜了事，有点心机的，加上豆芽、腌笋和溏心蛋，仅此而已，也许海边地区会有蟹和扇贝的变化，但总体上不成气候。

至于日本人最自豪的汤，确实花了很多心思来摆布。像东京拉面，用的是鸡汤，北海道则下味噌，到了九州，就变成猪骨汤了。

这些是基础，那些日本师傅一旦神经病发作，会创造出很多稀奇古怪的花式，红黄黑绿，想得到的颜色都来一下子，好在总算没有蓝色拉面怪物诞生。

加来加去，大家发现，还是最原始的猪油最香甜。这一方面，九州人有点发言权，他们传统的面汤，要用一大块肥膏，在网筛上大力拍之，猪油粒掉入汤中，方为正宗。

听上去实在不够健康，故大部分店家都不这么做了，但是"一风堂"坚持下来，所以他家成为九州拉面第一名店，不是没有道理。

"一风堂"成名，主要是连续拿了几届拉面大赛的冠军，奠定基础。这个什么拉面大赛，自然又是走火入魔的日本人想出来的。

基本的面分两种，白丸原味和赤丸新味，其实汤底是一样的，区别在于后者加了辣油和墨鱼汁，面条本身也有粗细之分，细面接近我们的苏州面。

汤浓得发黏，中国烹饪法说"汤无肘不浓"，但喝起来又不像蹄髈的味道，原来是在排骨和腿骨之外，多了一颗大猪头。

这是他们引以为豪的事情，郑重其事地写在宣传册中，非我造谣。唉，猪头入汤，格调甚低，而且一味用猪，汤的层次一定不够。中国传统的上汤，另要用鸡鸭，苏州面汤中下鳝骨，又是更高境界。怎么说日本人始终是一根筋，钻进了牛角尖就出不来了。

胡乱批评一通，对"一风堂"不太公平。这家店，亦有值得表扬的地方。首先，价格很平；其次，也没搞乱七八糟的发明；最后一条，他家味精固然下了不少，但是，胜在比别的店少。

日本盖浇饭

当年初到日本时，是穷小子一个，看到当地物价那么贵，吓个半死，只能寻找最平民化的食物。众多选择之中，常吃的是"丼"。

丼的中间加了一点，是日本人从中国学去的古汉字，发音是DONBURI，跟着名词之后，就省略为DON。像中国的盖浇饭，但单调得多。常见的品种计有：牛肉的牛丼、天妇罗的天丼、炸猪排的カツ丼、生鱼片的海鲜丼等等，最有趣的是盖着鸡蛋和鸡肉的亲子丼，鸡生蛋、蛋生鸡，所以叫做"亲子"。

所有的丼我都蛮喜欢，尤其是牛丼。

起初是韩国人的发明，但价廉物美，也被节俭的日本人接受，著名的"吉野家"1899年已开张，是最古老的一家。把连在牛骨上的碎肉，加洋葱和豆腐，煮了一大锅汁，淋在白饭上。虽然不是什么高级货，但肉汁香甜，日本米肥肥胖胖的，品质又好，不论三餐还是宵夜都能满足。

通常日本的牛丼店24小时营业，全年无休，品种也差不多，有各式牛肉饭、泡菜、汤等，分开叫的话贵一点，要套餐好了。

饭分大和并两种。并，日语是普通的意思，但已是很大一碗。还担心吃不饱的话，终极武器是"特"，多盛一点饭给你，牛肉也多了一丁丁，比起饭来，就欠奉了。嫌牛肉不够，可叫一碟单独的"牛皿"补充。

这么吃也行，不然撒一点唐辛子辣椒粉，铺上奉送的日本泡红姜风味更佳。想更刺激，又不怕口臭，那么叫韩国泡菜牛肉饭或者蒜苗牛肉饭，包你吃得过瘾。如果像我一样胆大，来一个生鸡蛋，敲开打一打浇在饭上，米饭的余温把蛋灼得半熟，是最美味的吃法，当然不是每个人都习惯。

汤则分为普通的味噌汁和豚汁，日本人没有煮牛肉汤的文化。豚汁是猪骨熬出的味噌汤，下了一点肥猪肉片和大量的洋葱、山药、豆腐，冬天喝最暖身了。

牛肉饭之外，还有猪肉饭、咖喱饭等等变化，早餐时间也有日本传统的盐烧三文鱼和纳豆，但据我观察，少人问津。这些铺子，独沽一味的是牛丼，其他食物，不太拿得出手。

当今"吉野家"因为经营的问题渐没落，日本最大的牛丼店换成"すきや"（SUKIYA），日本最大，等于是全世界最大了。

日本盖浇饭，没什么道理，本来不值得大写特写。但我对"すきや"有点感情，那年元旦在东京度过，长假七天，饮食店关门大吉，菜市场也不营业。漫天大雪，饥寒交迫地走进"すきや"，要了一大碗牛丼和豚汁，吃完热气腾腾，眼泪差点掉下来。

蟹蟹一家门

都说要去北海道吃螃蟹,到底有几种?

和大闸蟹一点关系也没有,和中国人常吃的膏蟹、青蟹和梭子蟹亦完全不同,北海道盛产的三种蟹是鳕场蟹、雪蟹和毛蟹。

其中的王者是鳕场蟹,国内的叫法是帝王蟹,这种蟹盛产于阿拉斯加,又叫阿拉斯加蟹,日本人在深海大力养殖,因为海水的上层同时养鳕鱼,所以叫做鳕场蟹(タラバガニ)。其实帝王蟹不是蟹科,只有六条腿嘛,应该属于海蜘蛛的一种,说到吃蜘蛛大家会害怕,这个说法听过算数好了。

给帝王找个老婆,就是俗称皇后蟹的雪蟹了,日文是ズワイガニ。肉质甜美,可当刺身,其实鳕场蟹的长脚也可生食,但是只有厨艺高超的大师傅才能炮制。

毛蟹全身长满金黄色的细毛，也是海蟹，可不是上海人用来炒年糕的那种。北海道人常将毛蟹煮熟来卖，剩下的汤加点白味增再滚，称为"鉄砲汁"，比普通的味增汤好喝得多。

日本有各式各样的螃蟹连锁店。最出名的"蟹道乐"，开业时间最久，从1962年在大阪道顿掘的第一家开始，至今已有二十六家分店，是整个日本规模最大的。排名第二的是北海道的"蟹将军"，十几家罢了。

我们在日本，总能看到一些餐厅的外墙上，挂着巨大的电动螃蟹。这个创意，也是"蟹道乐"开店之初想出来的。当今大家纷纷效仿，好像没听说过打官司的事情发生。

反正各发各财，互不打扰，像整个关西地区基本是"蟹道乐"的天下，别的牌子打不进来。光是道顿掘沿路就有三间铺子，头尾中段各一，牢牢占住最好的地段，当然生意滔滔。

蟹料理通常有单点也有套餐，后者更合算。从蟹肉沙律的前菜开始，有雪蟹刺身、煮和烤的鳕场蟹脚、蟹肉豆腐、整只煮毛蟹、雪蟹火锅、蟹肉荞麦面、蟹烧卖、蟹脚天妇罗，等等等等，吃之不尽。

我们啃大闸蟹,非得自己动手,十指上沾满肥膏方有乐趣。对付这些海底的就要请大师傅把硬壳剥去,否则连牙齿也崩掉。

火锅中只有雪蟹、蔬菜和豆腐,吃完汤还是清的。这时倒入一大碗米饭,滚个稀烂,最后打蛋进去,煮成杂炊。这锅粥,再饱也能吞三碗。

十几道蟹菜吃下来,怎么也能填饱肚子。香港人叹气蟹蟹声,我们上海人就要心中默念"蟹蟹一家门"了。

品味南洋

享宴，是一种生活态度

杯酒话鱼生（一）

一年春节在新加坡度过，问餐厅的侍者有什么应景的食物，侍者笑嘻嘻地说："捞起呀。"

我倒是知道捞起即鱼生，广东话中，捞是拌的意思，捞起与捞喜同音，讨个口彩罢了。

一说鱼生，大家往往想起日本料理，以为是他们的专利。其实日本人学会欣赏生鱼片，还是唐宋时中国人传授过去的。

中式刺身，古已有之，而且用字甚雅，称为"脍"。《诗经》中说"炰鳖脍鲤"，大概是最早的记载。烤甲鱼和生鲤鱼片，即使放在今天，也是诱人之极的食物。

孔子曰："食不厌精，脍不厌细"，一语道破天机。我们的鱼生，切得愈细愈薄愈好，这一点，和日本的厚切法不同。不过，所谓厚切，仍要以一口为度，过头反而不美，不是三流日料店随随便便切一大块给你那么简单。

日本师傅处理白身鱼的手法,还是保留脍的传统。吃河豚时,更是片片透明,说它即是脍,也没错。

唐宋人尤爱鱼脍。苏东坡诗云"吴儿脍缕薄欲飞",又说"随刀雪落惊飞缕"。那时的鱼生大师傅,应该个个擅长当场表演吧,有点像当今酒楼里片烤鸭的厨子和做飞饼的印度人。这种边欣赏边吃的方式,亦接近寿司铺里的板前料理。

不知何时起,脍从主流的中国饮食文化中渐渐消失,仅剩两广和闽南,照样流行得不得了。

清代古籍中记载:"粤俗嗜鱼生,以鲈,以鲤,以鳙白,以黄鱼,以青鲚,以雪鲮,以鲩为上。鲩又以白鲩为上。以初出水泼刺者,去其皮刺,洗其血腥,细脍之以为生,红肌白理,轻可吹起,薄如蝉翼,两两相比,沃以老醪,和以椒芷,入口冰融,至甘旨矣。"

鲈和鲤不必说了,鳙白是鳊鱼,青鲚是凤尾鱼,雪鲮则是鲮鱼。印象中黄鱼不可生食,但是我对同属石首鱼科的鮸鱼鱼生却有数次经验,处理得当的话,不会有什么问题。

最受欢迎的还是鲩，即草鱼。大家都担心河流污染严重，净水养殖也难免有几条寄生虫，海鱼亦不见得安全到哪里去。不是没有道理，怎么办？我的意见是，偶尔食之无妨，何况古人老早就说要"沃以老醪"，白酒对寄生虫的杀伤力最大，杀鱼后将两片鱼肉吊起，以白酒擦身，慢慢吹干，又保险又能让鱼肉爽脆，何乐而不为？

但是这一招好像年轻的厨师知之甚少，本地人皆不怕死，传至南洋，餐厅老板还是害怕客人吃出毛病，所以新加坡和马来西亚一带，都改用深海的西刀鱼和大路的三文鱼了。

杯酒话鱼生（二）

顺德、佛山、潮汕皆以鱼生出名，新加坡和马来西亚的"捞起"，即是从这三个地方传来再融合的。

中式鱼生一定要和七七八八的配菜一起入口才行，很少有单独吃鱼的情形。各地的配菜，品种或有多寡，但系出同源，万变不离其宗。

传统的配菜计有：菜脯丝、白萝卜丝、姜丝、葱丝、红辣椒丝、芹菜、榄仁、杨桃片、蒜片、罗勒等等，红的红、黄的黄、绿的绿，色彩鲜明。调料更复杂了，包括花生碎、南姜末、酱油、生油、白糖、芝麻糖、米醋及梅酱，任君自取。

取一小碗，先调蘸料，再夹鱼生和配菜，一口吞之，味道错综复杂之极。鱼当然是主料，但是和菜之间，没有明显的主次之分，我们吃鱼生上瘾，很难说清楚是因为鱼还是因为菜。

和日本的刺身比较，一繁一简，只有对饮食之道的理解不同，没有境界上的高低之分。

星马的"捞起"，求热闹，是将所有食材和调料倒在一个大盘子中，大家一齐举筷，挑得愈高意头愈佳。另边厢，口中还要念念有词呢，像什么"捞起！捞起！风生水起！"之类，反复多次，仪式感十足。

餐厅要做生意，故在花式上拼命做文章，加几片龙虾或者鲍鱼给你，就能多卖一点钱。

草鱼怕幼虫，是不敢供应了，西刀鱼的话，需要提前准备，还得大师傅自己动手，干脆进货现成的三文鱼，随便切成细条即能上桌，省心又省力，故当今新加坡大部分餐厅，都以此充数。

我不像蔡澜先生那么反对生食三文鱼，但是第一，三文鱼颜色暧昧，而且没办法切得幼细和透明，外观上已逊色七分；第二，三文鱼本身的味道确确实实比较强烈，搭配不佳。

有人考证，和大量生菜同食的吃法，源自中国南方正月初七吃七菜的习俗。这一天又名"人日节"，我们已不当一回事，反而被日本人继承过去，不过他们的新年是公历罢了。

我们叫七菜，日本人叫七草，新年里大吃大喝，最后那天煮七菜羹或七菜粥，清清肠胃。

到底是哪七种菜？没有固定搭配，但必须讨口彩，像芹菜代表勤劳，蒜头代表会算账等等。日本那边则以草药为主，名副其实把七草变成吃草了。

数数鱼生的配菜，何止七种，多少年演变下来，纠结得很，已研究不清。总之请记得，中国人在口彩方面的想象力，永无止境。

辣椒蟹和胡椒蟹

都说到新加坡要吃螃蟹，当地流行的三种做法，都是辣的，分别是：辣椒螃蟹、黑胡椒蟹和白胡椒蟹。

辣椒螃蟹的历史较久，究竟起源在哪里，至今星马两地还在吵个不停。但是今天我们吃到，下番茄酱和蛋液中和辣味的，是新加坡老师傅许国威先生的创意。

至于黑和白两种胡椒蟹，确由新加坡人在上世纪七八十年代发明。先是黑，是因为黑胡椒酱在西餐厅大受欢迎的缘故。

不管什么做法，原材料都是斯里兰卡蟹，两只螯特别巨大，肉紧实，其他的品种，似乎皆没有这种啖啖是肉的过瘾感。

相对而言，辣椒螃蟹不容易做得难吃。各家的酱汁虽然各不相同，配料却是一致的，只是比例的多寡罢了。煮个十五分钟即成,很少有失败的例子。

胡椒蟹就麻烦得多。最正宗的做法是生蟹下锅,只用黄油、蒜蓉、磨碎的胡椒粒和一点蚝油,反复兜匀炒熟。如果事先把蟹煮熟或者炸熟,均不合格。当然,两者相比,白胡椒蟹更考较大师傅。

一般认为,东海岸公园那一排海鲜铺的辣蟹最有水准。其实最为出名确是事实,但最有水准四个字,并不见得。

也是从大排档起家,生意做得出色,渐渐变成高级酒楼,又开出一家两家的连锁店。路边摊食物,登堂入室,不能说是坏事,不过这么一来,你的荷包注定多花几个银子。

相同的例子可以参考香港的避风塘炒辣蟹,从前桥底的那两档,升级成酒楼后,蟹价翻倍不说,还多收加一的服务费呢。

本来,持螯大嚼的形象,和大排档最相宜,迁入酒楼,心理上有疙瘩,总觉得格格不入。

另外致命的一点是,从此本地客渐少,游客生意愈来愈多。也许一丁丁的偷懒和改变游客吃不出来吧,怀着这个思想,慢慢地,食物就走了样。

那天赶早从圣陶沙过海,到对岸 Vivo City 里的"无招牌"。东海岸出来的酒楼,算他家口碑最好。问题是明明没几桌生意,斯里兰卡蟹居然已告沽清,用越南的面包蟹凑数,味道大打折扣,也要盛惠一百新币。

颇不满意,向当地老饕 David 叶兄抱怨,叶兄哈哈大笑,当晚带我到芽笼的排档。

芽笼是新加坡的红灯区,大爷们办事之前,多数要胡吃海喝一番,所谓食色性也,自古相连,这一带的食物,是具有代表性的。

拿手的白胡椒蟹上桌,大蟹卖四十,小蟹三十六,便宜得令人发笑,而且还带膏呢。

炒的手艺亦高超,大蟹斩四件,小蟹一劈为二,也不刻意地拼回整蟹,大排档的菜式,永远以不做作的烟火气取胜。

熟食中心

稍微有点旅行经验的游客,都知道到了新加坡,应该去熟食中心寻找地道食物。

所谓熟食中心,是开放式的食铺集中地,最初的英文是 hawker centre,译作小贩中心才对。这种形式始于上世纪 50 年代,起先建在室外,专门对付那些无证小贩。

90 年代后期,hawker centre 改名为 food centre,环境亦得到改善,就成了当今的熟食中心。

城市建设的原因,有些熟食中心已拆,取而代之的是大商场内的美食广场 food court,而且愈演愈烈,遍地开花,但当地人习惯上还是以熟食中心称之。

环境绝对是商场胜出,不过那些铺子多数是连锁店,经常需要应付大客流的缘故,所以会想出种种偷工减料的办法。

但是传统的熟食中心也好不到哪里去。主要是老师傅的年纪愈来愈大,年青一辈志不在此,慕名而来的游客又不懂得欣赏,就这么反复恶性循环,造成食物的水准日渐低落。

当然还是有一些坚守传统的老铺,问题是总体的趋势无法逆转。老饕们发现,原来的经验已过时,你跑遍整个熟食中心,能吃到老味道的档口也未必找得出一家。大部分的食物,看上去像模像样,实则神韵全无。

批评了那么多,不太公平,其实这些东西,拿来填饱肚子,是完全合格的,至少比麦当劳和肯德基之流的垃圾快餐高明千百倍。

原则上几乎所有的星马小吃皆有供应,除了海南鸡饭、叻沙之外,我觉得有些食物还是值得向大家介绍,至于你光顾的熟食中心是不是过关,就不在我的考虑范围了。

炒粿条,就是把广东人的河粉当成辅料来炒面,再加上腊肠、豆芽等等,淋浓酱油和辣椒酱,最后放入血淋淋的蛳蚶。但最关键的,是要下猪油和猪油渣。

有点类似的是福建炒面,分为黑色的马来版和白色的新加坡版,后者反而不太见得到。

说起福建面,另有一种虾面,用虾头和猪骨来熬汤底,没有不鲜甜的道理,可惜靠味精师傅帮忙的居多。

潮式的肉脞面,料头甚多,有肉碎、香菇、猪肝等等,拌面时总会来点猪油,故手艺再差,也难吃不到哪里去。

配肉脞面最好来碗猪杂汤,但是新加坡禁卖猪血,是一大损失。汤不够浓则是另一个通病,喝到嘴里的,全是酸菜味。

忘不了

在新加坡所能吃到最高级的当地食材，应该是河鱼之王"忘不了"。

所谓的当地，还是有点误导成分，其实是从邻国马来西亚运来，新加坡本土的弹丸之地，当然不会出产。

开始走红，是近二十年间的事情，华人的功劳居首，因为这么高级的鱼，马来式的煎和炸暴殄天物，非清蒸不可，这种手法只有华人大师傅才做得好。

另一佐证是此鱼原来的土名 Empurau，直译的话应为"恩布劳"，"忘不了"之名，也是华人餐厅的发明。

仅产于马来西亚砂劳越诗巫拉让江上游和下游两段水域，又以上游的为好。水流湍急是一方面因素，造成"忘不了"的游速在河鱼中居首，运动健将嘛，肉质岂有不佳的道理？

更关键的，是"忘不了"的食物，它的口味刁钻，专吃沿岸林中掉落的果实，所以鱼肉有股特别的香气，是任何其他河鱼都不具备的。

生长期缓慢是致命的，成鱼长至一公斤以上需要两年，还不入老饕的法眼，大家认为"忘不了"愈大愈好吃，没三五年时间达不到要求。

像中国的长江鲥鱼一样，吃的人一多，就面临绝种的危险。好在大马政府采取保护措施，暂时尚不会走向与鲥鱼相同的命运。这么一来，野生鱼愈来愈少，自然愈来愈贵。

当今的价格，高得惊人，一公斤卖到几百新币是家常便饭，换成人民币就要上千了，那还是冷冻价，活鱼翻倍，运到香港，再多收你百分之五十。

亦想出养殖的办法。问题是鱼塘水浅，属于鲤科的"忘不了"啃食水草，总会连泥一起吞下去，而且运动性也得不到保证，味道大打折扣。

不良商家常用养殖鱼冒充野生货，卖同样的价钱，反正多数人看不出来。有一个窍门是野生"忘不了"鱼鳞带浅红色，如果养殖，则是白色的。

新加坡有间吃"忘不了"的铺子,叫"载顺食阁",基本上没有游客知道,由当地老饕David叶兄推荐给我。

野生的冰冻"忘不了",新币一百八十大元一公斤,是全城最便宜的。主要是老板打通渠道,但每天也仅有两三条,卖完即止。

鱼身清蒸,鱼鳞酥炸后送酒,确实精彩无比。尤其是那阵果香,举世罕有。

已预计到,介绍这种食材一定会引发批评,但是野生"忘不了",尚无法律规定不准售卖,没什么好担心的。

我坚持,"忘不了"牺牲于我等老饕之口,总好过被那些暴发户吃掉。

寻找完美的越南牛肉河

当今上海的越南菜馆子渐渐增多,但是菜式方面缺乏变化。春卷一定家家都做,除此之外,就是越南牛肉河了。

水准如何?老实说,没一家合格,只有少数一两家有一丁丁的像样,其他的馆子,不吃也罢。

首先是汤的问题,全都下了味精,无非是多与很多的区别,一饮,找不到牛肉的味道,寡淡得很,就不想吃下去了。粉?当然是用现成货,象征性地铺几片牛肉、几条牛百叶,再切两颗牛肉丸给你,香料更是少得可怜,外加数根藏了很久的豆芽。这碗乱七八糟的东西,我是吃不下去。

完美、正宗的越南牛肉河,至少得符合以下条件:

第一,要用大量的牛骨和牛肉来熬汤,愈多愈佳,不然就不够浓。这种食物,始终是馆子做的比家里好。也不是单一的筒骨,牛和猪一样,背脊的排骨才够香。牛肉则以带筋带肥的部位为上乘。香料的话,没有完全固定的搭配,但是大蒜、洋葱、桂皮、八角、花椒等等是必不可少的,最后是越南菜的灵魂——大量的香茅。

还有加入鸡骨或者鱼骨去熬的,据说为了中和牛骨的膻味。总之一熬就是半天以上的工夫,再把渣和浮油滤掉,剩下清澈的汤。

第二,河粉讲究现吃现做,退一万步,也是当天的产品。用干货去发的,好极有限。

第三,配料应该有:牛腩、熟牛肉片、牛肉丸、牛筋丸、牛肚和牛百叶,有其他牛杂更好,最关键的是把两大片全生的肥牛铺在粉上,淋入滚烫的汤,一下子灼熟。你可以要其中的一样或几样,全料的那种,称为 Special,国内通常叫做"火车头"。

第四,香料是至关重要的,一家有质素的牛肉河馆一定毫不吝啬地奉送一整篮最新鲜的,内容计有:豆芽、青柠檬片、指天椒、九层塔、薄荷叶、柠檬叶、香菜和紫苏。觉得不够,向老板提出,即刻再加,也不收钱。我们的那些商家,用小碟装了两三种,已经算客气了。

吃时可加辣椒酱、海鲜酱或者鱼露。有时汤不够浓,尚能靠酱料补救,连这些也不提供,索性关张好了。

寻找完美的牛肉河,在上海没什么希望。去越南也行,不过那时打仗,很多越南老饕逃到法国和澳洲,结果在当地开店卖牛肉河,比本土的还要好,有机会路过,不可不试。看到招牌上的"PHO"就是了,读作"弗尔"。那些越南佬,大多会讲英语和广东话。

新加坡叻沙

新加坡有百分之八十的华人人口，多数是潮州人和福建人。所谓的新加坡菜，就是从这些地方的小吃演变而来，却又独一无二，由于南洋气候格外湿热的原因，加酸加辣，才有胃口。

所以吃得惯潮州和福建食物的人，到了新加坡，绝对不会不适应。

其实新加坡菜应该算是中国南方食物与东南亚食物的一种 Fusion，但是和新派 Fusion 菜不同，新加坡菜已遗传多代，变成传统了。其中有一脉特别的菜系，叫做"娘惹"。

历史可以追溯到郑和下西洋，中国人到了星马，和当地人通婚，生下的孩子，女孩叫"娘惹"，男孩则叫"峇峇"。

一代代的娘惹和峇峇,将中国的文化与马来文化融为一体,在饮食方面,就形成了"娘惹菜"。

代表作当属叻沙,也分成两派,马来式的和新加坡式的,应该是后者出现的年代较早。

叻沙的英文 Laksa,来自波斯语的 Lakhsha,证明这种面条类的食物受到不止一个地方的影响,简直是世界级的 Fusion。

但基本定型是在新加坡的加东,故又名加东叻沙。说不清到底是谁的手笔,大概是娘惹和峇峇们集体的智慧吧。

做法繁复,非几个钟头不可,所以有些铺子干脆用一包包的现成汤料,也不觉得太难吃,因为有味精嘛。

正宗的新加坡叻沙做法如下:

首先准备虾米、虾膏、蒜蓉以及辣椒、南姜、干葱头、芫荽籽、香茅等等十几种香料。将以上材料臼碎,偷懒的话,可以用搅拌机,但始终不如臼碎来得香。

至于食材的比例,各家皆不相同,也即是所谓的秘方了。接着用椰油把大量干葱头和秘方料包炒香,下水滚几个钟头成汤底。最后倒入椰浆,这时请记得千万不可煮沸,否则会有怪味产生。

另边厢，把粗米粉、鱼饼、油豆腐、豆芽这些东西渌熟，装碗淋入汤，香喷喷的叻沙即成。

且慢，还少了两样必不可缺的材料，一是几片叻沙叶，二是烫至半熟的蛳蚶，又叫血蚶，江浙人称为银蚶，叻沙没有这一丁丁血腥气的话，就不够完美。

蛳蚶血淋淋的，叻沙叶又有个性强烈的味道，怕游客接受不了，还是去掉为佳——所有食物的走样，都是随着一点一点的妥协慢慢形成的。

一般老饕们会跑去加东吃叻沙，不过时事变迁，当年的老铺早已不在。当今公认最好的叻沙是靠近小印度的"结霜桥"，新加坡那么多叻沙铺，只有他家坚持用炭炉来滚汤。

咖喱辣椒

有点年纪的朋友一定记得那部警匪港片《咖喱辣椒》，张学友和周星驰主演，当年两人皆年轻，和角色的冲动性格十分相配。

抛开电影不谈，年轻人追求味蕾的刺激，确实容易对咖喱和辣椒产生嗜好。

说到底，是潜意识中不停地追求所谓的爽。科学家研究，香辛料，尤其是辣椒，能和口腔、咽喉、鼻腔产生烧灼反应，形成痛苦感。另边厢，大脑则会分泌令人快乐的激素来平衡这种痛觉，愈痛苦愈快乐，就像受虐狂一样上了瘾。

但咖喱的发明，起初只是为了保存食物，慢慢才发现能够刺激胃口，让寡淡的菜式变得丰富。

发源地的印度咖喱，规定要下孜然。这种香料个性强烈得不得了，有人形容像是腋下的狐臭味，不是每个人都能习惯。虽然印度咖喱被英国人传遍全球，不过比较起来，还是东南亚的咖喱流行。

孜然少下或者干脆不下，取而代之是香茅、鱼露、青柠、芭蕉叶、椰丝这些东西，泰国咖喱和马来咖喱又不一样。

煮法更是各有变化，但基本的步骤相同。把洋葱切碎，愈多愈佳，慢慢炒至发焦，接着下鸡羊牛虾蟹，再是咖喱粉或者咖喱酱，炒得咖喱均匀包住食材，倒一罐椰浆进去，滚到香味溢出即成。

这道菜入味至上，形其次，样子好看不见得就好吃，有些煮得烂糟糟的反而更精彩。

不管哪种咖喱，辣味都来自辣椒。当今世界上最辣的咖喱由一家英国的餐厅制出，厨师全程佩戴防毒面具，唯一能把整份咖喱吃完的那个家伙一度辣出了幻觉。

用了什么致命武器？原来是 20 根世界第二的辣椒，产自英国的 Naga Viper，辣度高达 138 万。

辣度单位，缩写是 SHU，原理是用大量糖水来稀释，直至高效液相色谱法分析不出辣味为止。

比 Naga Viper 低一级的是印度的 Naga Jolokia，辣度 100 万，印度军队拿来制作催泪弹。也传入云南，当地形象地称为"涮涮辣"，一小片辣椒搞定整锅汤也不在话下。

甜椒的 SHU 为 0，泰国的指天椒就高达 30000，从前世界第一的古巴 Habanero 有 30 万之巨，在海南种植，辣度下降三分之二，但是你只要握在手心十分钟，即有明显的烧灼感。

之后纪录不断被打破，那群发了疯的科学家，把各种辣椒杂交又杂交，创造出很多变态的品种。

排在 Naga Viper 之上，位列第一的是澳大利亚的"特立尼达蝎子布奇 T"，计有 146 万 SHU，真正辣死人不偿命。据说最佳吃法是将辣椒置于桌上，拿食物轻微碰之，即成。

娘惹菜（一）

大家到东南亚旅行，会发现有些餐厅打出"娘惹菜"的招牌，到底什么是娘惹菜呢？

从郑和下西洋开始，就有中国男人到南洋落户，娶了当地女人，生下的女孩叫"娘惹"，男孩叫"峇峇"。

但一代代，他们还是始终把自己当作华人，只是要加上"土生"二字罢了。旧时传统，女主内下厨，自然而然把中国（主要是潮州和福建）和当地的饮食文化融为一体，即是今天的娘惹菜了。

代表作的叻沙，已成为新加坡的四大国菜之一，不过娘惹菜有一套完整的体系，不只是叻沙那么简单。

如果要正儿八经地宴客，固定的套路不可违背，不是随随便便来几道街头小吃。娘惹菜走家宴路数，有点水准的多数是私房菜性质，而非大量供应的社会餐厅。

不像我们的圆台面,娘惹宴最好在一条长桌上进行,把所有的食物全部摆出,客人一批批地轮流入座进餐。

但不可自行取食,否则显得粗鲁。主人的儿女会充当服务生角色,由他们代劳。吃完,即刻清理,再换下批客人。

桌上的食物,源源不断地加了又加,永不空盘,不然,对主人来说,是失礼的行为。

餐具方面,大致接近中餐,但没有筷子,西式的叉和匙代之。老一辈的土生华人甚至遵循马来习俗,用右手手指送食。而且老人认为,蓝白色是丧事颜色,必须避讳,新一代人不以为然。

虽然是满满的一桌,还是有菜色搭配的要求,至少分为白汁菜、红辣汁菜、个别菜、汤菜和米饭。佐食的三巴马来盏和阿杂泡菜则是每桌必备的。

白汁菜 Kuah Putih 有炒杂菜、阿桑海鲜、地特豆腐、炸鸡等等。红辣汁菜 Kuah Pedas 通常是鸡和鱼,下咖喱、椰浆、辣汁来煮,颜色差不多,但味道各不相同。娘惹菜中的咖喱,应该写作"古来"。

个别菜就比较复杂了。马来的椰浆饭、马来粽以及印尼的隆冬都是主食加上很多种配菜的食物，称为多碟餐。在配菜中挑选几样给客人送饭，就叫个别菜Lauk Piring，典型的有阿桑虾、三巴蕹菜、罗爹菜和欧保鸡。

汤类有豆腐肉丸汤、鱼鳔汤和蟹肉丸汤，品种不多，统一的特征是都有圆圆的鱼丸或肉丸。

一小碟三巴马来盏要用到马来盏虾膏一又二分之一大勺、指天椒五条、糖盐各二分之一小勺、酸柑二粒。把虾膏烤或干炒至出香，和辣椒一起舂碎，下糖和盐，吃时挤入酸柑汁。

三巴马来盏绝对是娘惹菜的灵魂，缺了它很多菜就做不出来了。

娘惹菜（二）

如果要做娘惹菜，那么以下材料是必不可少的：

基本的油、盐、糖、米醋和胡椒粉，干料和酱料则有石粟粒、江鱼仔、干冬菇、虾米、椰糖、椰浆、马来盏、豆酱和阿桑。

石粟粒舂碎使用，粉质较多，可增加稠度，通常拿来煮咖喱。马来盏即虾膏，阿桑的学名是罗望子，娘惹菜中的酸味大部分来源于此，米醋仅起点缀作用罢了。

香料更是数之不尽，一一列出的话有骗稿费之嫌。每道菜用到的香料品种都不同，但必经步骤是手工舂之。

辣椒、葱头、姜等等大家伙要事先剁碎。准备一对杵和臼，按照硬度先后放入，一一舂至理想的稠度。这个过程，就得靠经验主义了，没有一定的标准，更不能用电动搅拌机代替。

最后的成品酱料，有个统一的名字，叫做隆巴。

椰浆也最好自己动手，将椰丝浸润，放在纱袋中大力挤之即成。加多点水再榨，就是椰奶了。所有下椰浆的菜，煮时非要不停搅拌不可，尤其不能滚沸，不然椰油尽出，会变得很难吃。

很多娘惹菜都有资料可查，不必我来介绍，反而是每餐都不可少的阿杂鲜有人提及。

阿杂（Achar），菜如其名，是各式蔬菜制成的泡菜。和三巴马来盏一样，土生华人顿顿拿来佐食，也可以视作娘惹菜的灵魂。

把新鲜指天椒、黄瓜、豆角、包菜等等用醋煮至熟，滤干。另边厢，将指天椒干和黄姜舂成隆巴，炒香后下盐，蒜头和白芝麻也分别炒香，和蔬菜拌匀，放入糖和花生碎，腌一夜，就成了槟城阿杂。

复杂一点，在新鲜辣椒中酿入虾米和马来盏，再和其他蔬菜一起用隆巴炒过再腌，称为隆巴阿杂，是所有阿杂中最豪华的。

我对娘惹菜的认识来自新加坡老饕友人 David 叶兄所赠的《李夫人菜谱》。李夫人即李光耀的母亲李振坤，原名蔡认娘，是最出名的一位福建娘惹，她在上世纪70年代写了一套娘惹菜谱，橙色封面，被新加坡人当作厨房圣经。此书绝版，2004年由李夫人的孙女李雪梅修订再版，也卖得精光，这家出版社，当时就由叶兄负责。

新旧两版的区别在于，旧版毫不掩饰对猪油和肥膘的热爱，新版虽然尽可能地保留，但往往注明，为了吃得更健康，可用什么什么代替。唉，我更喜欢哪一版，还用说吗？

南洋香料

南洋天气又热又潮湿，需要刺激性的食物打开胃口，除了辣椒，主要靠各式各样的香料调味，我们对东南亚菜产生兴趣，很大程度上是因为这些东西的化合作用，让你一下子产生食欲。

典型的例子当属咖喱，大家都喜欢把咖喱汁淋在饭上，还不是因为诱人的香气？至于是煮蟹煮鸡煮牛，反而不是最重要的。

相对发源地的印度咖喱，大部分人都觉得泰国咖喱更惹味，除了泰国师傅用椰浆代替水之外，我想关键在于泰国咖喱中下了香茅。

把香茅拿掉，很多泰国菜就做不出来了，包括最著名的冬荫功。有人说香茅的香味接近柠檬，故又名柠檬草，其实香茅的个性远较柠檬来得强烈，制成饮料也比普通的柠檬水好喝。

香茅和香兰,一字之差,容易混为一谈。后者以淡雅取胜,又不会抢味。南洋式的糕糕饼饼,尤其是用到椰子的,必搭配香兰,而且香兰可以染绿,是天然的色素之一。

有些香料市面上常见,像九层塔、薄荷叶和紫苏,我们也不觉得特别稀奇。还有芫荽,虽然是由地中海一带传入,但中国的食用历史很长,已经干脆叫成中国芫荽了。

既然有中国芫荽,当然亦有外国芫荽。滚冬荫功时要把所有香料一起捣碎,其中就有一味墨西哥芫荽,学名刺芹。这家伙的味道比中国芫荽更复杂,硬要形容的话,抓一把中国芫荽撒在胡椒上,再用柠檬皮包住,即是。

越南人的米粉,一定跟着一大碟香料给你,刺芹是必不可少的,另有一种越南芫荽,也叫柬埔寨薄荷,南洋菜式中多有用到,但只有越南人懂得把新鲜的叶子拿来大嚼。

柠檬叶亦是如此。全名应该叫做卡菲尔柠檬叶,这种柠檬果实无汁,表皮粗糙,香气全在叶上,和一般的柠檬大大不同。像很多香料一样,柠檬叶一干就没有味道了,泰国厨师常常把它切碎,和海盐一起密封,能够保存香气。

我相当喜欢越南米粉的一大原因是能够一次性地接触

很多种香料，吃个过瘾，不过仅限越南当地、美国、澳洲和法国罢了，其他地方供应不出那么多品种，故皆不正宗。

值得一提的还有印尼月桂叶。印尼月桂的叶子是月桂叶的两倍大，味道也不一样。有了它，印尼菜才有自己的风格。

肉骨茶

在上海,既吃得到肉骨茶,也吃不到肉骨茶。

为什么这么说?所谓新加坡或者东南亚的饮食店愈开愈多,打开菜单,当然少不了标志性的肉骨茶。问题是光看样子就不对,再喝汤,尽是香料和味精的味道,至于肉骨,已完全没兴趣再啃了。

不过哪怕你跑到发源地的新马,也未必找得到最正宗的那些。主要是游客太多,店家迎合又迎合,传统的食物于是走了样。

一家标准的肉骨茶铺,至少应该符合以下条件:

一、大清早即开始供应,下午两点前收铺,绝对没有夜市之说。肉骨茶从前是码头工人的恩物,大清早吃饱肉,干活才有力气。从早到晚都开着的,必是游客店。

二、吃法极具仪式感。桌边一定有一个火炉烧着开水,侍者送上功夫茶具一套、铁观音一纸包,由客人自行沏茶。三杯下肚,胃里洗得干干净净,已饿得发慌了。

三、肉骨茶上桌,仅仅是一碗汤,两三根排骨罢了,没有腐竹、香菇,也没有青菜。用砂锅装更是画蛇添足,骗客人的伎俩,因为肉骨茶非得把所有的排骨放在一个很大的桶里炖,不然就不够浓。

四、再是浸着指天椒的黑酱油一碟、白饭一碗、油条若干。吃时将油条放在汤里,排骨则点酱油送饭。

五、同时兼卖猪身上各部位的卤味,尤其是大肠、粉肠和猪蹄。拿这些胆固醇当早餐,又是我最热爱的。把卤肉的汤汁淋在饭上,即是现成的猪油拌饭。有些店家,看重卤味甚至多过肉骨茶,像新加坡的"老字号中峇鲁",卤肉由一位七十多岁的老人家亲自操刀,非常精彩。

关于肉骨茶的起源,新加坡和马来西亚两个国家一向争论不休,但可以肯定的是,这种食物应该是当年下南洋的潮州人和闽南人共同发明的。

福建派肉骨茶和潮州派肉骨茶,一黑一白,泾渭分明。马来西亚皆是前者,照理新加坡应当以后者居多,但不懂经的游客只把黑漆漆的福建派当宝,潮州派渐渐式微矣。

我喜欢潮州派多过福建派,只下白胡椒、不去皮的蒜瓣和一丁丁的五香粉,清汤的关系,直来直去,一目了然,没办法弄虚作假。福建派还要加上酱油和八角、甘草、当归等等十多种中药,肉不好或者下得太少,不太容易分辨得出。

完美的肉骨茶,诀窍仅有一条,肉多火足,即成,没有捷径可循。

放眼世界

享宴,是一种生活态度

意式 Pizza

不算港台朋友的话,中国人接触意大利薄饼 Pizza,多从快餐连锁店"必胜客"开始。

所谓 Pizza,只是发酵的圆面饼上盖以番茄酱、芝士和其他配料,烤上一烤,当然不如我们的馅饼做法那么变化多端,但是好吃与不好吃之间还是有天壤之别,你比较过了即知。

本来 Pizza 是百分之一百的意大利食物,二战时美国大兵在当地吃了,惊为天人,回国后仿制,结果学得不伦不类,变成四不像。不过美国人的影响力大,快餐文化又发达,居然在正宗的意式 Pizza 之外,又发明出一派美式 Pizza。

味道如何?见仁见智。美国人以大为美,做出的 Pizza 体型极巨,饼底厚,以料多取胜。有些人也许喜欢,但既然是意大利老祖宗发明的食物,为什么不遵循薄底的传统呢?美国佬自立门户也没关系,不如干脆叫"美国大饼"好了。

两者的区别十分明显,一看即知。意式 Pizza 的饼底由手抛成型,像是在上海流行过一阵,在印度也找不到的印度飞饼,饼底和翻边愈薄愈佳。美式饼底是机器预先做好冷冻的,单看这一点,已输给意大利人十万八千里。

馅料并非一味追求丰富,手艺高超的大师傅,仅下番茄酱和芝士,照样做出天下美味。芝士充满个性,接近我们的腐乳,这种搭配,和中国人火烧夹腐乳,抹辣酱的吃法有异曲同工之妙。

一块正宗的意大利 Pizza 应当符合如下条件:

一、薄底。未必薄边,但是意大利的厚边,跟美国大饼一比,就显得薄了。也不是一味求脆,像发源地的那不勒斯 Pizza,即以柔软取胜。即使是脆底派,还是保持不易折断的韧性。

二、使用固定产地的芝士和酱,自行生产最值得表扬,再不济也该从意大利进口吧。

三、即叫即做,你刚点单,十分钟内就上桌的一定是事先做好的隔夜冰冻货。我们吃小笼也讲究现包现蒸，这类食物，没有热辣辣的新鲜度，绝不会诱人。

四、绝对不能用电炉，而且火炉内要保持 500 度以上的高温，Pizza 放入，三十秒即要翻身，一分钟之内保证出炉。

一家馆子能够做到以上四点的话，难吃不到哪里去，尽管放心大胆地光顾。

但是请记得，走出意大利，难觅好 Pizza，所有的薄与脆，和本土的一比，就变成厚与硬了。即使在意大利本土，也非去那不勒斯不可，罗马市中心的铺子，骗骗游客罢了。

当今那不勒斯公认的 Pizza 第一人是"Pizzaria La Notizia"的 Enzo Coccia，以单纯的 Pizza 店拿到米其林级数，仅此一家。我试过他的手艺，确实精彩绝伦。

"有什么诀窍？"我问。

"用最好的材料。"Enzo 笑嘻嘻地说。

提拉米苏

当今那种传授西式甜点烘焙技术的教学课堂渐渐流行，主要是全职的家庭主妇愈来愈多，大家找点有兴趣的事情，这门生意做得过，何乐不为？

马卡龙算是高级课程了，入门级的大多数从提拉米苏着手。我们接触意大利的甜品，也多数是这么开始的。

提拉米苏，意大利名 Tiramisu，按照时下通行的说法，是由马斯卡邦尼芝士、意式咖啡、手指饼干与咖啡酒或者朗姆酒制成的。那些烘焙的教科书上写着：所谓 Tiramisu，译成英文是 Pick-me-up，意为"带我走"，你吃了之后，就会幸福得飘飘然，有登上仙境之感。

后文一定接着如下事迹：意大利大兵出征前，老婆把家里仅有的面包、饼干和咖啡做成爱心便当。

老公百忙之中追问："亲爱的，这是什么？"

"带我走！"老婆含情脉脉地说。

以上即为提拉米苏起源的爱情故事。

哈哈！就像中国人喜欢把什么食物皆往乾隆皇帝身上靠一样，所有的西式甜点都要硬生生地同浪漫和爱情挂上钩，不然的话，怎么吸引家庭主妇呢？

其实，早在18世纪，意大利已有类似的分层甜品Zuppa del duca（公爵的甜羹），后期又出现了Zuppa inglese，在同一阶段，差不多的甜点还有Zabaglione，即法国的Sabayon。今天的提拉米苏，定型下来，只是上世纪六七十年代的事情罢了。

有人考证，淮扬、苏州的精致点心，大部分是青楼女子的创造，她们要讨好恩客，才会费尽心机地在食物上做文章。这个道理举世皆准，提拉米苏真正的起源，实际上是威尼斯的高级妓女圈，确切的位置，应该是威尼斯旁边的Treviso。

不过到底是不是Treviso，威尼斯人至今仍在争论不休，连米兰人和罗马人也加入进来，说是自己的专利。真相究竟如何，已没人讲得清楚，就像小笼到底最早是由苏州、常州还是上海发明，永无定论，总之绝非台湾就是。

"带我走"更是一个美丽的附会。Pick-me-up 不是 Take-me-away，译成"带我走"比较牵强，事实上，大家都忽略了这个词的另一含义——提神。因为最早的提拉米苏，主料是高浓度的意大利咖啡，高糖分亦有提神的效果，说起来原来是威尼斯女人打发发困下午的恩物。

当然，"带我走"像是把 Soufflé 翻作"呼吸"那样，又文雅又好记，总比什么"致命"或者"皇家经典"高明多了。

流传至今，提拉米苏已有数之不清的变化方式，未必拘泥于标准的材料和配比。但是有一点，好吃的提拉米苏，绝对是软绵绵的，既提不起来也拉不起来。

欧洲香肠

手头有本英国人 Frances Case 写的《有生之年非吃不可的 1001 种食物》，是食物类的百科全书。

说是百科全书，还是以西方人的饮食文化为主，一说到日本和中国的食材，就有点夹七夹八。比如硬讲荔枝壮阳，显然是作者搞不清上火的含义。

书中出现最多的是各式芝士，其次是香肠，尤以欧洲香肠为最。数了一数，有二十七种之多。当然，一一列举的话，欧洲香肠至少有上百种，这些算是较具代表性的。

从中又选出几种我认为值得介绍的，和大家分享。

先说意大利好了。北部的 Soppressa del Pasubio，要存放五个月至两年，等到表面生出绒毛状的霉菌，才算达到最佳状态。好在端上桌的香肠是洗干净的，不然没人吞得下去。

摩德纳地区的猪蹄肠 Zampone di Modena，是将肥瘦猪肉和猪皮酿在去骨的猪蹄中，直接用猪蹄的皮代替肠衣，这么一变，实在高明。

自助餐上提供的 Salami，通常咸得不得了，没人去碰。其实上等货色，像 Felino Salami，产地气候的原因，并不需要太多盐，故一点也不咸。另有加了茴香的 Finocchiona Salami 和用野猪肉的 Salami di Cinghiale，你有机会去意大利，一定得试试。

法国普罗旺斯的 Saucisson d'Arles 和 Salami 差不多，不过要下红酒和草药，早期的馅更是猪肉、驴肉和公牛肉混合出来的。中国人说"天上龙肉，地上驴肉"，原来法国人也懂得欣赏。

冷门一点，法国小镇莫尔托出产一种 Jesus de Morteau，用的猪种是奶酪厂产生的乳清养大的。肠衣一端要扎一根木钉，让人想起钉在十字架上的耶稣。

西班牙的 Chorizo Ibérico de Bellota，是伊比利亚火腿的副产品，那些吃橡子的黑毛猪，四肢拿去做火腿，剩下的部分各有用处，最后的边角料用来灌香肠，就是这种贝洛塔。

德国的图灵根 Thuringer Rostbratwurst 香肠最出名，每年能卖出3.6亿根，销量惊人，绝对是世界第一。这种香肠烧烤后涂上黄芥末，德国男人随随便便即能消灭好几根。

Thuringer Leberwurst 是纯粹用内脏制成的肝肠，熟猪肝居多，也有用鹅肝、小牛肝和羊肝的。开拓眼界之后，我们就不会轻易批评德国人没有饮食文化了。

也不是每种香肠都宜久存。德国的白色小牛肠 Weisswurst 即讲究愈新鲜愈佳，最好是当天早上现做现吃。巴伐利亚老饕说，绝不能让它听到教堂正午的钟声。

欧洲香肠和中国香肠的主要区别之一在于前者有很多种切开后可以直接食之，后者则是吃熟的。我们制馅时多数要下点酒提香，欧洲人倒没有这样的习惯，但是希腊的 Loukanika，要把生肠浸在红酒中，道理也差不多吧。

学院派法餐

年青一代的朋友,有心在厨房打出一片天地,但又嫌中餐厨师的地位还是低下,只好转投洋人的怀抱。

到哪里深造好呢?日本等级森严,本国的年轻人出头,至少也要苦熬十年以上,何况外来的和尚。法餐是不错的选择,第一,国人印象中,法国菜一向是高级料理的代表;第二,就像外国人欣赏中菜,来来去去就是宫保鸡丁和咕咾肉,反过来我们对法餐的了解也有限,宣传攻势一起,即刻搞不清东南西北。

亦要感谢法国人孜孜不倦地推广。尤其是那家著名的"蓝带学院",自1895年建立开始,之后不断攻占全世界的市场,当今已有50家分校,变成全球化的产业了。

广告上说的什么美食、文化,当然也没错,但是请别忘了,这是一家盈利性的商业机构,并非真正的学校。

所以课程的设定，完全走市场道路，按部就班地学个一年半载，发张文凭给你，短期速成十天半个月，照样有张证书。

学费更是不菲。在巴黎本校，不算日常开销，想要拿到全能大证书 LE GRAND DIPLOME，需要四万多欧元，单独的高级料理文凭和甜点文凭则各自减半，前提是你学习能力甚高，一旦重修的话，又得再付一笔。

不过所有的文凭和证书，在任何一国的教育部都得不到承认。这一点，不如"博古斯"等等正统的法餐学院，人家是真正的学院制度，学士和硕士文凭，货真价实。

老师方面，并不是大家认为的那样，均来自米其林级别的餐厅。总之业内人士，总能扯上一点关系，米其林的招牌大，大家心知肚明只是噱头罢了。

又有人问，对法餐一窍不通，可不可以参加？官方绝对给你肯定的回答。但是，很多朋友告诉我，主流课程还是更适合有经验的厨师进修。九个月即能从初级升到高级，新手怎么做得下来？

我从不怀疑"蓝带"的专业程度，只是反对过度神话之。外国学生接触法餐，除了基本的技艺，还要学习法国的饮食习惯与文化,甚至后者更重要。国内也有类似的技校,一年教你一千道菜,这样子教出来的,是厨子,不是厨师。

"蓝带"的最大优势在于一百多年积累,任谁都要给几分面子。学生一毕业,先送去名店实习数月,就算仅是打杂,亦可在履历上写下"曾有米其林餐厅经历",如假包换。回到北京或者上海,大城市法餐渐渐流行,觅一份体面的工作不成问题。

讲了一点真话,"蓝带"家大业大,应该不会见怪。再说凡事都有例外,你是"蓝带"人,又看到这篇文章,就是例外。

肉酱意面（一）

就像 Pizza 变成又厚又硬的美国大饼一样，肉酱意面是另一种被美国人搞坏的意大利食物。

连故事的版本也一模一样，二战时美国大兵吃了博洛尼亚的肉酱意面，惊为天人，回到本土复制，就成了所谓的 Spaghetti Bolognese。

美国人眼里的意大利菜，离不开干意面、番茄和罗勒三样东西，正如他们对中国菜的理解，只是宫保鸡丁和咕咾肉罢了。把这些食材胡乱混合起来，先将最根本的意面品种换成大路的 Spaghetti 干细面，第二步再加入大量番茄和混合香料，最后以罗勒叶点缀。

命名时想起发源地的博洛尼亚，不可忘本，结果不伦不类的 Spaghetti Bolognese 从此诞生。

成功之处在于好像还保留了一点意大利元素，味道也难吃不到哪里去。美国人的影响力大，渐渐向全世界推广，当今出了意大利，大部分人说起肉酱意面，皆是只知 Spaghetti Bolognese，而非正统的 Tagliatelle al Ragù 了。

到底有什么区别？还是得从博洛尼亚说起。

我们印象中，意大利处处尽是 Pizza 和意面，其实不然。这个国家统一至今两百年不到，各地自有一套饮食文化，泾渭分明。像 Pizza 以那不勒斯为首，到了博洛尼亚，就是意面的天下。

距博洛尼亚百公里之外，即是产黑醋的摩德纳，以及产火腿和奶酪的帕尔马，故意大利人一向把这里当成老饕必去之地。

老派的那不勒斯餐厅不卖意面，反过来博洛尼亚的传统餐厅，也绝对看不到 Pizza。

意面的品种数之不尽，一一吞下肚研究，会把你吃成一个三百斤的大胖子，看看博洛尼亚的别称"胖子之都"吧，已经说明一切。

博洛尼亚流行的新鲜意面，和干意面不同。后者是用硬质小麦粉和水，机器拉面，再经烘干，新鲜意面则要掺细腻的意大利 00 粉，外加鸡蛋，手擀之。

上等的博洛尼亚餐厅，一定只卖新鲜意面，而且没有固定的菜单，当天有什么货色，请向服务员咨询。

当地的肉酱意面，要用刀切面 Tagliatelle，宽面的一种。所以美国人邯郸学步，第一脚即跨错。问题是如果你只接触过 Spaghetti Bolognese，空谈 Tagliatelle al Ragù 是没有什么意义的。

硬要打个比方的话，好比你把山西人拌宽面的番茄鸡蛋，淋在广东的碱水细面上，不见得不好吃，但是原定的搭配被打破，顽固的老师傅看到，会骂你不守规矩。

肉酱意面（二）

有些人认为，新鲜意面高级过干意面，也是误区。历史上意大利北部富裕，才用得起鸡蛋，愈往南愈穷，鸡蛋的比例就愈低，直至最南，连新鲜意面也只是用到硬质小麦粉和水了。

各面各法，蛤蜊面即非用干意面不可，肉酱意面还是要用新鲜的，一方水土养成的饮食习惯罢了，没有高下之分。从前当然是新鲜意面更贵，干意面胜在易于保存。当今这么比较，就像上海人争论小笼和生煎的优劣一样，已无意义。

无论哪一种意面，皆以表面毛糙为佳，看上去滑溜溜发亮的，反而是劣品。固执的博洛尼亚人要求更高，他们认为离开当地的面粉，就制作不出合格的新鲜意面。

压面机也不入博洛尼亚大师傅的法眼，但是手擀难度甚高，老饕的标准是能够透过面片看到郊外山顶上的圣卢卡教堂，不是每一个厨师都能做到。

正宗的肉酱意面，除了要选 Tagliatelle 刀切面外，肉酱的炮制自有一套规矩，但是绝对不是美国人的 Spaghetti Bolognese，没有大量番茄，没有罗勒一类的香料，更没有大蒜。

博洛尼亚商会公布的肉酱制法如下：

准备黄油、意大利培根 Pancetta、偏肥的牛肉绞肉（加猪肉亦可）、胡萝卜、西芹、洋葱、红酒、浓缩番茄膏、牛奶和高汤。

所谓浓缩番茄膏，是晒干的番茄泥，并非大家惯用的番茄酱。

将所有料头切成两毫米左右的小丁。取一口铸铁大锅，中火加热黄油或橄榄油，先下洋葱末慢慢炒至透明，接着下胡萝卜末和西芹末，最后是培根末和肉末，一一炒透。

炒肉末时下盐，不妨咸一点，拌面时够味道。依次再下浓缩番茄酱、红酒、高汤和牛奶，加胡椒和肉豆蔻粉，煮沸后改小火，开盖煮三小时左右，过程中切忌加盖。起锅前可加鸡肝泥，更香。

煮面的水里要下盐，油则不可用。水和盐宜多不宜少，术语叫"像地中海那么咸"，下 Tagliatelle，搅散，猛火煮至再滚即可捞起。新鲜意面虽然较干意面来得软滑，但对于中国人来说还是偏硬，并不代表可以煮成烂糊面。

不可过冷河，将面倒入滤锅再倒回煮面的空锅，边加肉酱边搅拌，用余热，小火也行，保证每根面均匀附上肉酱。一切香草都是多余的，也不必撒黑胡椒或芝士粉，最好是用现刨的帕尔马奶酪，大功告成。

西班牙烩饭(一)

就像很多人以为意大利菜只有 Pizza 和意面一样,说起西班牙菜,除了火腿,一下子能叫上名字的,也仅限 Paella 了。

Paella 这个词对于中国人还是太陌生,餐馆里通常用最显眼的字体写着:"西班牙海鲜饭",食客看到,恍然大悟,原来是人家的国食呀。

其实大部分所谓的国食,以讹传讹的成分居多,Paella 即是一例。原意是指那种又大又浅又宽,没有盖子的锅子,渐渐地,用此锅煮出来的烩饭 Arroz a la Paella,也简写成 Paella。

正确地讲,应该是瓦伦西亚的特色菜。最早来自山区,在露天操作,靠山吃山,有什么食材就放什么食材,但绝对没有海鲜。上世纪 70 年代,跟着全球的 Fusion 风,

Paella 忽然一下子流行起来，不过是在西班牙以外的国家罢了。

结果大家都把它当作西班牙国食，到了西班牙更是不管东西南北还是中部，总之先来一道 Paella 再说。游客生意当然永不嫌多，传统的鸡肉、猪排、蜗牛、蔬菜实在普通，不如换成豪华的海鲜，原材料一变，其他的改良更是不胜枚举。海鲜饭本来写作 Arroz a la Marinera，当今你说 Paella，侍者也听得懂。

对西班牙菜深有研究的友人 C 小姐告诉我，Paella 从烩饭变成海鲜饭，差不多相当于正宗的那不勒斯 Pizza 和"必胜客"之间的区别，这道瓦伦西亚节假日乡土菜肴，简直成了西班牙版的扬州炒饭。

C 小姐又说："我对海鲜饭本身没有意见，但它不能算是西班牙的国食。最致命的问题是，即使在西班牙当地，坚持用真材实料来做海鲜饭的，也不会超过百分之一。更别说那些海外的餐馆了，用色素代替藏红花，已是餐饮业公开的秘密。"

另一个毛病则是几乎所有的电视节目和食评，介绍某家的海鲜饭怎么怎么出色，一定会用"大量海鲜"或者

"很多海鲜"之类的字眼,好像不如此就显不出餐厅以本伤人的决心似的。

噱头而已,如果你有一点烹饪经验,就猜得到,愈是看起来新鲜漂亮的海鲜,愈有可能是另外煮了再摆上去的。

而且作为主角,最根本的饭呢?从来没有人提,至多加上一句,"他家的饭不夹生,适合中国人的习惯。"

且慢,西班牙的米饭较我们来得硬是事实,可也不至于夹生。产生夹生的坏印象,说到底,还是厨师本身的质素不过关。

一锅合格的西班牙烩饭,要煮至恰到好处,大米断生,咬不到硬芯,但要保证颗粒分明,最好再有一层锅巴,更佳。这些道理,说实话,没有多少人懂。

西班牙烩饭（二）

已介绍过，海鲜饭其实只是西班牙烩饭 Paella 的一种，但是声名在外，当今大家说 Paella，多数是专指海鲜饭 Arroz a la Marinera。

并非西班牙的特产，邻居葡萄牙亦有，不过我们一说葡萄牙菜，又会局限于马介休了。

每家的做法都不同，但一客正宗的西班牙海鲜饭，要保证用到如下原料：西班牙的烩饭米、海鲜汤、西班牙辣椒粉和藏红花，缺一不可。

烩饭米，不同于中国大米或是泰国香米，以本地产的矮胖大米为佳，较糯米更胖一点，煮熟后的黏度介于寿司米和糯米之间，但是那种硬硬的嚼劲，是亚洲米没有的。

正确的煮法是先炒料，再加米和海鲜汤，不加盖，不搅也不翻，一口气煮到米熟，烘出锅巴再熄火。除此之外，都不对。

海鲜汤是将鱼头、鱼骨、虾头、虾壳、蟹壳,与洋葱、胡萝卜、西芹、韭葱一起用橄榄油炒香,下干白、水和欧芹秆,熬两个钟头,滤后调味。虾眼要记得挖掉,不然发苦。

有人说,西班牙辣椒粉不辣,藏红花更是只有颜色没有味道,两者皆是为了上色。食材不就手,可以用匈牙利辣椒粉和姜黄代替,再不然,就轮到色素登场了。

当然,西班牙辣椒粉和藏红花的味道都不强烈,但还是有自己的个性在,你不见得一定吃得出来,问题是没有它们,不对就是不对。很多食物正是这样,变一点,再变一点,最后彻底走了样。

至于海鲜,没有固定的标准,通常会有鱿鱼、虾、青口和蛤蜊。你舍得下血本用龙虾也可以,只是没什么意义罢了,想吃龙虾的话,大可另外煮之。

另外再加蚕豆、豌豆、四季豆或者朝鲜蓟皆可,乱加西班牙火腿反而画蛇添足,不伦不类。

下了色素的海鲜饭是纯黄的,传统版本,因为海鲜汤里有大量的虾壳和蟹壳,本身即呈红色,何况还有藏红花,应该是橘黄色偏红一点。

用了带壳海鲜的海鲜饭才叫 Arroz a la Marinera，不带壳的则叫 Arroz Limpio 或者 Arroz de Marisco Pelado，做法一样。这些词汇最好记下，不然来来去去只是 Paella，侍者不会把你放在眼里。

隔夜的海鲜饭，翌日炒之更好吃。但这是新发明的西班牙菜，老派的餐厅，多数不肯做。

一生吃过最好的海鲜饭还未出现，最差的已占定席位，无出其右者，那家餐厅的东西，饭夹生，汤汁多如泡饭，调味恶劣，难吃到了顶点。前些日子果然执笠，看到他们关张大吉，真开心！

伊比利亚火腿

愈来愈多的人开始知道西班牙火腿,中国游客到了西班牙,大肆抢购,国内的西班牙餐厅,问他有什么招牌菜,也总是推荐一碟火腿给你。

起先我们只知道西班牙火腿世界最好,其他道理讲不出来。当今已经学会用伊比利亚 Iberico 代替笼统的西班牙,而且不少人嘴里,都讲得出 Jamon、黑猪和橡果了。

但是误区还是不少,比如所谓的 5J,代表年份,不过并非腌了五年的就叫 5J,其实是指猪的肉龄,乳猪养足四年半最香。腌制过程,通常都是三年,再往上的陈腿也是有的。

Jamon 专指后腿,前腿叫 Palates,两者价钱相差甚远,常有不良商人故意混淆,反正普通食客分辨不出。另有猪里脊 Lomo,或者叫 Lomito,出了西班牙就买不到,有些老饕认为味道尤在 Jamon 之上。

即使在西班牙当地,原来的等级分类法也含糊不清,只说纯种率不低于 75%,再根据饲料区分,很容易给人钻空子。

全新的伊比利亚火腿标牌系统,由西班牙政府在 2014 年 1 月颁布。消费者,当然主要是游客,看标牌的颜色,即能清楚地分辨猪的生长环境、饮食及是否纯种。

退一万步讲,你对这些信息都不感兴趣,只想知道价钱和品质,也一目了然。黑色标牌的最贵,品质亦最佳,红色次之,绿色再次之,白色最劣。

优质法定产区 DO(Denominacion de rigen)标准还是保留,像安达卢西亚,就只有 Huelva 的 Jamon de Huelva 和 Cordoba 的 Los Pedroches 符合。

评分的因素如下:

一、猪种。分为 100% 纯种和杂交。

二、饮食。分为橡果、放养自食和饲料。

三、生长环境。有散养、放养和圈养。散养,每公顷不得超过 1.25 头猪,圈养情况下,体重超过 110 公斤的猪,必须有 2 平方米以上的活动空间。

四色标牌，黑色，称为 Jamon 100% Iberico de Bellota，等级最高，是 100%纯种的伊比利亚猪，每年 10 月至翌年 2 月仅以橡果为食，散养在 Dehsa 的森林中。

红色，就要把 100%去掉了，但也不低于 75%，饮食中只要含橡果，即算。

绿色，Jamon Iberico de Cebo，50%以上的伊比利亚血统，放养，自由饮食和饲料混合。

白色，Jamon Iberico de Cebo de Campo，也是 50%以上的伊比利亚血统，但圈养，吃饲料。

此外还规定了腌腿的时间，以及腿的最低重量等等，对伊比利亚前腿和里脊亦有效。

相关的图片、商标等等同样受到严格控制。比如橡果和 Dehesa 森林的照片，就只有黑色标牌的火腿允许使用。

以后去西班牙，不担心银子的话，照黑牌的买，即可。

那些奇奇怪怪的食材们

继续研究那本《有生之年非吃不可的 1001 种食物》,此书是英国人 Frances Case 写的,对东方食物的形容有点不清不楚,但单看西方食物的话,确实堪称一部百科全书。

当然包括很多奇奇怪怪的食材,比如广东人嗜吃的龙虱。其实泰国人也喜欢得不得了,西方人就只有甘拜下风的份了。

不是愈奇怪愈能入选,还是要看在当地是否大规模流行。至于受保护的野生动物,绝对不会在书中出现。

将部分资料抄录如下,到国外旅行,有机会的话不妨试一试。我一向主张,对食物要有足够的好奇心,人生才会更精彩。

普通一点的有非洲的珍珠鸡,这种在中国用来观赏的禽类,南非人用培根盖着烤之。美国人也吃,但他们是养的，南非还是野生居多。

鸵鸟亦被拿来吃了。跳羚和斑马同样难逃老饕之口，制成肉干出售，价格来得个贵。

沙锥和山鹬是欧洲人喜欢的猎物，吃时要将内脏留着一起烹饪。阿根廷人则喜欢吃鹉，胖乎乎的，还特意当成南美鹤鹑卖给欧洲人呢。

巴西人把切叶蚁用猪油煎了，称为穷人的鱼子酱。不过说起吃虫，自然是我们的云南人更厉害。

墨西哥人和巴拿马人爱吃的食物中，少不了天竺鼠肉。对，你猜得没错，就是那种叫做荷兰猪的宠物。什么都敢吃的广东人总是受到批评，但即使他们，大概也不能接受天竺鼠吧。

秘鲁甚至有专门的天竺鼠节，大吃特吃，以示庆祝。秘鲁人的日常食物中，还有羊驼，又是一种中国人眼里的宠物。

澳洲人也吃羊驼，反正畜牧业发达，怎么吃都吃不完。他们国家象征之一的袋鼠，繁殖得过多，当今反而鼓励大家食用。

国内餐馆有时会引进袋鼠肉，猎奇的因素居多，中国厨师像牛肉那么炆,吃起来味道亦像,一点不特别,为什么不干脆吃牛肉呢。

中国旅行团到澳洲,导游会怂恿你吃鳄鱼肉。这家伙,像带点鱼味的肥鸡,说不上天下美味。大家把凶猛的鳄鱼吃掉,心理上威风一下罢了。

两广人本来就吃鳄鱼,不会觉得稀奇,原来美国人也照吃,倒是之前不知道的。美国南部还流行把响尾蛇拿来炮制一番,同好的广东人看到,一定嫌山姆大叔厨艺拙劣,老广煮蛇,有一本书可写。

图书在版编目(CIP)数据

享宴,是一种生活态度/老波头著.—上海:上海文化出版社,2017.8
ISBN 978-7-5535-0809-2

Ⅰ.①享… Ⅱ.①老… Ⅲ.①随笔-作品集-中国-当代 Ⅳ.①I267.1

中国版本图书馆CIP数据核字(2017)第164548号

发 行 人	冯 杰
出 版 人	姜逸青
责任编辑	黄慧鸣
装帧设计	汤 靖
插　　图	趴趴　四两小C　顾力文
封面摄影	趴趴

书　　名	享宴,是一种生活态度
著　　者	老波头
出　　版	上海世纪出版集团　上海文化出版社
地　　址	上海市绍兴路7号　200020
发　　行	上海世纪出版股份有限公司发行中心 上海福建中路193号　200001　www.ewen.co
印　　刷	上海天地海设计印刷有限公司
开　　本	787×1092　1/32
印　　张	7.5
印　　次	2017年8月第一版　2017年8月第一次印刷
国际书号	ISBN 978-7-5535-0809-2/I·258
定　　价	28.00元
告 读 者	**如发现本书有质量问题请与印刷厂质量科联系 T: 021-64366274**